施元辉译文精选

幻的墓

森村诚一 著
施元辉 译

海峡出版发行集团 | 海峡文艺出版社

作者简介

　　森村诚一,日本著名推理小说作家,与高木彬光、江户川乱步、佐野洋和横沟正史并称日本推理文坛五虎将。森村诚一自六十年代脱颖而出,一直致力于推理小说的创作,他不仅继承发展了松本清张社会派推理小说的特色,而且还在作品主题、人物塑造、故事构思、语言对话上独树一帜,成为最具影响的推理小说家。

　　他的作品有:《高层的死角》《幻的墓》《新干线杀人事件》《东京空港杀人案》《密闭山脉》《超高层饭店杀人案》《腐蚀》《日本阿尔卑斯杀人案》《铁筋畜舍》《异型白昼》《正午的诱拐》《星的故乡》《恶梦的设计者》(《恐怖的骨骼》《通缉令》《黑魔术之女》《锁住的棺材》《人性的证明》《青春的证明》《野性的证明》等100多部。

序

张 炯

《施元辉译文精选》即将出版，这是我国翻译界和中日文化交流的一件可喜可贺的事！施元辉是我认识多年的老朋友，也是隶籍福建福安的同乡。他是中国作家协会会员，知名的翻译家、散文家。他从北京外语学院毕业后分配到外交部工作，曾任我国驻日本领事并长期从事中日文化交流活动。出于对文学的爱好，他先后翻译了当代日本作家的作品十多部。其中既有儿童文学作品，更多是受到读者广泛欢迎的推理小说。他还出版过自己创作的散文集。他精选的译作共三百多万字，这次结集出版，编为十卷，可谓皇皇巨著！

中日文化交流可以追溯到汉唐，渊远而流长。特别是唐宋以后，日本曾派遣大批留学生来华，鉴真和尚携带许多书籍并率领大批工匠赴日，使中国文化得以广泛传播于日本。历代日本天皇多酷爱中国文化，也多方搜购中华书籍。所以，著名的日中友好人士白土吾夫先生曾说："明治维新以前，日本的文化多来自中国"。而明治维新后，日本率先学习西方，自此我国也多有留学生到东瀛学习。我国新文学的兴起，大多得益于通过日本而吸取和借鉴了许多欧美等国的文学。鲁迅、郭沫若、郁达夫、茅盾以及周扬、胡风等都先后去过日本，并从日文翻译了不少西方和日本的作品。

施元辉翻译多部日本儿童文学作品和推理小说应非偶然，当今我们从日本动画中就可窥见日本儿童文学的发达。儿童是人类的未来，优秀的儿童文学作品对儿童精神世界的影响，已为世界各国所高度重视。日本最初的推理小说借鉴过中国明清的公案小说，后来才受到西方侦探推理小说的影响，并发展为具有深刻社会内容的小说品种。这种小说由于具有强烈的悬念，而层层推理在满足读者审美需求的同时又能培养读者的智慧，它之广受读者的欢迎是很自然的。

我国翻译外国小说的历史可以追溯到19世纪90年代。那时译界的名人严复和林纾都是福建人。康有为曾有诗称："译才并世数严林。"而严译学术名著，林译欧美小说。林纾先后译有外国文学作品达180余种，其中不乏世界名著，如《巴黎茶花女遗事》《黑奴吁天录》《块肉余生述》《撒克逊劫后英雄略》《滑铁卢血战余腥记》《迦茵小传》《鲁滨孙漂流记》《伊索寓言》等，林纾不会外语，与人合作，别人口述，他以文言译之。后来鲁迅、周作人也曾用文言译《域外小说集》。那时译家蜂起，据阿英《晚清戏剧小说目》统计，翻译小说从1882年至1913年计有682种，可见翻译小说之盛况，而侦探小说居然占一半以上，说明这类小说受欢迎由来已久。

施元辉翻译的日本小说也不乏名家之作，如井上靖的《红庄的悲剧》、松本清张的《跟踪》、高木彬光的《零的蜜月》、草野唯雄的《复制的脸形》、江户川乱步的《奇面城的秘密》、森村诚一的《恶梦的设计者》等，差不多遍及日本当代推理小说的各流派。他翻译的《恶梦的设计者》《零的蜜月》等作品多次再版，并被改编为电影、电视和广播小说。此外，他还翻译出版了日本著名作家山崎丰子的名著《女人的勋章》以及日本儿童文学鼻祖小川未明的《红蜡烛与人鱼姑娘》和滨田广介的《黄金的稻穗》等多部日本儿童文学作品。他自己写过小说和散文，他的译笔忠实于原文，流畅、生动、简洁、富于色彩。严复当年曾提出并实践译作的"信、达、雅"的要求。他在《天演论译例言》中说:"译事三难:'信、达、雅'。求其信已大难矣,顾信矣不达,虽译犹不译也,则达尚焉。"可以说,施元辉的译文做到了"信、达、雅"的要求。严复、林纾当年以文言来译,要做到"达"很难。而施元辉以现代汉语——白话来译,普通读者读起来是毫无障碍的。他翻译的作品曾得到著名日语翻译家文洁若女士的赞赏。

《幻的墓》是日本著名的推理小说家森村诚一的得意之作,他用文学表达形式将人世间可怕的复仇心理和社会污浊的环境进行淋漓尽致地描写。作品深刻地揭露了在资本主义社会制度下,人与人之间尔虞我诈,相互倾轧以至杀人灭口的险恶的人际关系,暴露了资本主义社会中的种种弊端,具有较为深广的社会意义和认识价值。

中国和日本为一衣带水的邻邦,有过两千年友好交往的历史,近代以来却不幸发生过战争。今后两国如何和平共处,继续友好,这是两国有识之士和广大人民都十分关心的。我国领导人提出建设人类共同体的建议,我想,其目的就在提倡各国友好、和平共处,把我们的世界建设得更美好!这期间,加大加深各国彼此的文化交流、包括文学的交流非常重要。施元辉原是从闽东北山村走出来的子弟,被家乡人誉为福安的第一个新中国外交官、第一个文学翻译家、第一个电影出品人。他退休后还投身企业界,创办了文化交流公司,热心家乡公益事业。我希望他不要忘记文学工作,译文集的出版不是终点,而应是新的起点,人们会期待他翻译更多的日本文学作品,帮助中国读者通过文学更多认识地日本;同时也将中国当代的优秀文学作品翻译为日文,帮助日本读者更多认识地中国,继续跟他熟悉的日本友人和作家一道为促进两国的文化交流和人民友好做出更大的贡献!

2017年2月20日于北京

(张炯是中国著名的文学评论家,原中国社会科学院文学研究所所长、学部委员、中国作协副主席)

目　　录

第一章　复仇的伙伴 …………………………… 1
第二章　露出水面的冰山一角 ………………… 11
第三章　接近美女 ……………………………… 21
第四章　肉欲和金钱 …………………………… 32
第五章　穗高之行 ……………………………… 39
第六章　岩壁的惨事 …………………………… 46
第七章　并列车恐惧症 ………………………… 56
第八章　波久礼峡谷的殉情 …………………… 67
第九章　梅莓病病毒 …………………………… 78
第十章　爱的可悲结晶 ………………………… 91
第十一章　架设传送梅毒的桥 ………………… 100
第十二章　假御车 ……………………………… 106
第十三章　幽灵的护照 ………………………… 117
第十四章　肉食兽 ……………………………… 129
第十五章　原来是大股东 ……………………… 141
第十六章　股东总会 …………………………… 150
第十七章　螳螂的真面目 ……………………… 161

第十八章　报复行动 …………………………… 172
第十九章　黑幕队长 …………………………… 178
第二十章　大东京饭店之战 …………………… 189
第二十一章　铁壁的崩溃 ……………………… 200
第二十二章　以牙还牙 ………………………… 207
第二十三章　无形的狙击者 …………………… 215
第二十四章　虚无的复仇者 …………………… 227
第二十五章　幻的墓 …………………………… 238

第一章　复仇的伙伴

一

一九五×年一月末的一天，东京明和化成公司品川工厂发生了丙烷储气罐爆炸大事故，死伤一百数十人。

石油化学工厂发生大爆炸，在日本绝无仅有，何况品川工厂是现代化新型工厂，安全措施、安全设备又十分齐全，因而对于这一大事故，有关方面极为重视，立即深入调查并追究其发生原因和责任。

可是调查工作虎头蛇尾，起初气势汹汹，中间却缓慢下来，得出的结果又大出人们意料：事故是由于承包工程的名城建设公司对材料处理不当而引起的。

当时被认为熟知事故内情的关键人物，名城建设公司经理名城高太郎，在爆炸事故现场死去，从而使事故的责任问题难以弄清，渐渐地也就为人们所淡忘了。

事件发生后整整一个月，二月末，新闻报刊又报道了一个骇人听闻的大事件：东京大和物产公司生产的奶粉含有砷，致使为数不少的婴儿中毒。报道一登出,全国大哗。

过了几天,大和物产在报纸上刊登了"谢罪广告",并宣布,回收奶粉,但为时已晚。将近一万名婴儿已中毒,其中死亡十七名,重患者六百一十七名,中轻患者七千零八十二名,住院治疗的八百名(当然包括疑似患者)。

调查表明,这批奶粉是该公司的川崎工厂在年前的九月××日以后生产的,同年十月初开始在全国出售,直到今年二月中旬才被检验出含有砷。因而在全国流传时间竟达近四个月之久,使为数众多的幼小生命受到了危害。

当时的厚生大臣亲自出马查处这一事件。结果判明事故是川崎工厂的制造部部长未经公司批准,擅自以第二磷酸苏打作为乳质稳定剂使用所致,至牛公司该负何种责任,检察方面由于没有掌握足够材料,一时无法下结论。

嗣后,当事人制造部长美马龙彦酒后驾车,发生车祸身亡。他的死愈发使人相信他是奶粉含毒案的责任者了。而公司方面只被认为"在选用和监督人员方面不慎",仅在民法上负有用人不当的责任。

两大事件相继发生在日本有代表性的大型公司里,在当时颇引世人注目。

二

两年后二月末晴朗的一天,两个年轻的登山者站在北阿尔卑斯山的远见层根峰上。这座度于登临眺望的山峰,是北阿尔卑斯山背靠的五龙岳在信州的支脉。

他俩的名字叫名城健作和美马庆一郎,都是久负盛名的东都大学登山队的队员。

"这恐怕是最后一次登阿尔卑斯山了。"美马低声道。

"不，我们还要回来的!"名城喊道。低沉的语调却充满着一种执着的追求。

"是的，不能就此罢休。我们已经立下誓事，一定攀登上阿尔卑斯的鹿岛枪北崖。"

"一定。"

两个人站在强烈的山风中，遥望着矗立在卡哥尼里山谷对面的鹿岛枪北崖。

这座北阿尔卑斯山的名峰，从鹿岛枪岳山顶陡斜而下，直到卡哥尼里雪溪。数百米的悬崖绝壁，宛如巨斧劈成。夏天，岩石表面上披着一层薄薄的浮草，令人无法黎登。冬天，冰雪覆盖着的山峰，不时发生雪崩和滑坡，使登山者们望而却步。尤其鹿岛枪北壁的中央部位，在已被勇敢的登山者们攀登过的阿尔卑斯山诸峰中，至今仍是未被征服的一处。

"攀登北壁是东都大学业余登山队成立以来的目标，也是我们青春的课题，是我们的梦!"

美马庆一郎眺望着远方说道。他们早就迷上了鹿岛枪北壁。他们最早知道鹿岛枪是在上小学的时候。当时，两家是邻居，非常友好，结伴去信州旅行。途中，他们愉快地在蓼科温泉和美厚游玩之后，想在湖光山色之间度过旅行的最后几天，就来到了青木湖。时值五月，苍翠的鹿岛枪岳倒映在平静的青木湖面上，她的丰姿秀逸，在他们的幼小心灵里留下了难忘的印象。

后来，他们经常登山。中学时代，他们爬遍了日本几乎所有的高山峻岭。在高中毕业前夕，他们又攀登了鹿岛枪周围的通道。他们像所有日本著名登山家一样，为至今仍未征服的北壁所吸引。如今，他们像忘不了初恋的少女似的，又来到了鹿岛枪山的身边。

由于多次攀登鹿岛枪山,他们结识了东都大学业余登山队的骨干队员。前面说过,这支有着悠久历史的业余登山队,成立以来,就把攻克这座山峰作为首要目标。事实上,这座高峰周围几乎所有的能够通达顶峰的通道,都已被他们开拓了。可是他们至今怎么也攻不下鹿岛枪北壁。但他们毫不气馁,继续执拗地追求着自己的目标。正因如此,这支业余登山队吸引着抱有强烈共同愿望的名城和美马。为了参加这支业余登山队,他们考进了东都大学。

"无论如何也要攀登上去!"

美马庆一郎又说道。他脸色苍白,胸脯狭窄,嘴唇薄薄的,眼睛细小,却炯炯有神,似乎弥补了一点外貌上的不足。这个令人难以相信是登山爱好者的美马,虽然表面看来体质羸弱,但在人才济济的东都大学登山队里却出类拔萃,他是一名天生的登山运动员。

"可是……"

名城健作接着说道。与美马相比,他膀阔腰圆,四方脸膛,方眼睛,有着和土著人一样的厚嘴唇。这个浑身充满活力的年轻人,是登山队内头号大力士,被人叫作"吉普车"。他和善于保持身体平衡的美马相配合,是一对绝妙的登山伙伴。

"我们也不能忘记我们青春的另一个课题:向那些杀死我们的父亲,破坏我们家庭,毁灭我们幸福的家伙复仇讨还血债!"

名城那双望着北壁的眼睛,喷射出愤恨的光芒。

风在脚下卷起一股雪烟。已经向后立山远斜的夕阳,渐渐染红了天边的一角,北壁的阴影逐渐加浓。美马庆一郎接着说道:

"你的父亲承包了明和化成的工程。在发生事故的当天,押运材料去品川工产。他们利用这个机会,把一切责任转嫁给他,说是储油罐爆炸原因系名城建设公司运材料的司机鲁莽行车，撞了明和公司油罐车引起的。可那是一位行车三十年无事故的老司机呀！并且身为经理的你父亲当时就在驾驶室里坐在他旁边，他怎能鲁莽行车呢？"

这时，名城痛苦地蹲在地上。美马仿佛没有意识到似的，自言自语讲述这桩不幸事件。

不幸的追忆深深刺痛着他们的心！

他们说，储油罐爆炸，是由于被名城建设的汽车撞的。可是那天名城建设的汽车根本没必要到那个储油罐附近去，这其中定有蹊跷之处。然而所有的证词都不利于名城建设公司。现在看来，事故发生在明和化成的工厂，有关人员又都是明和的人，因而他订立攻守同盟，销毁对他们不利的证据是轻而易举的。当时名城健作提出强烈质疑，可是父亲和司机已与汽车同归于尽了，没有佐证。检察方面也对名城建设十分冷淡。结果，明和化成总绎理根据民法条例，以"因过失造成他人蒙受损失"为理由，向名城建设提出赔偿损失的要求。

这样，明和化成既能推卸责任，又能把受灾者的愤怒巧妙地转移到名城高太郎身上，真是一箭双雕。不仅如此。明和化成还站在债务保证人立场上，向名城建设索取赔偿，健作把名城家的所有财产都做了赔偿费。他的母亲经受不了打击，精神错乱，被送进精神病院，至今仍无恢复健康的希望。他的弟妹们分别托付亲戚抚养。于是，既对继承权没有提出放弃，又对财产权没有提出分割的健作，独自承担了赔偿的"义务"。明和化成就像一只贪得无厌的秃鹰，啄尽了名城建设的所有财产。最后，总经理黑木一郎派出长子黑木正武充当名城建设公司的经理。

高山里的二月黄昏，寒风刺骨。两人的嘴唇冻得发紫，然而回忆激起的怒火在胸中熊熊燃烧,他们全然感觉不到寒冷。

美马沉默下来以后,名城开口了:

"我父亲遭到不幸之后一个月,你家也遭到了不幸。

你父亲是大和物产的川崎食品工厂的制造部部长。当时总公司给川崎食品工厂运来大量质量欠佳的奶,为此你父亲提出抗议,说这些奶根本不能用来制造奶粉。可是总公司不予理睬,并命令你父亲使用过去从没使用过的第二磷酸苏打作乳质稳定剂。你父亲出于一位技术专家的良心,拼命反对。可是总公司说什么外国有人使用呀,有论文记载可以使用呀,以此强迫你父亲使用。一个普通的制造部长的意见被公司送来的命令书压下去了。公司仍然从外地以每个月一百二十石[①]的速度,运来质量欠佳但价格低廉的原乳。公司为了赚钱是不择手段的……"

名城健作以悲痛的语调讲述庆一郎之父遭到的不幸。

在共同攀登高山中建立了深厚友情并且同病相怜的双方,都把对方的苦乐悲愁视为自己的苦乐悲愁。

……庆一郎之父龙彦当即提出辞职,但为慎重起见,还保留厂籍。可是就在他不上班期间,工厂仍源源不断制造出含毒奶粉,投放市场。终于发生了前述的婴儿中毒事件。

事件发生后,公司内流传龙彦仍然保留川崎食品工厂的厂籍,以第二磷酸苏打作乳质稳定剂是他私人决定的说法。龙彦愕然了,激怒了。但他并不怕,他手头留有总公司的指令书和他本人表示反对的呈报书的复印件。并且他的辞职手续已在含毒奶粉生产之前在公司人事科办理了。

他手拿着这些证件怒气冲冲来到公司。

就在当天夜里,他的汽车在高速公路上的竹桥附近,撞断

[①] 石,体积计算单位,每石等于 $0.278 m^3$。

桥栏杆，滚到桥下，车毁人亡。他的尸体经解剖化验，含有过量酒精。

"显然，他是酒后驾驶而出车祸的。"大和物产的负责人都这样说，"美马部长是个老实人，但嗜酒如命，一旦喝醉即不能自持。作为技术专家，又十分自负，总是急于把技术上的发明马上转化为商品。公司总是把痉过长期试验研究所得的成果，应用于生产上的。但他未经公司许可，便擅自把第二磷酸苏打作为乳质稳定剂使用了。此次，含毒奶粉事件，是由于他的酒精麻醉痴呆症和作为技术专家的自负而造成的。"

令人奇怪的是，龙彦死后，那份公司的指令书无影无踪，只有他的辞职表（不受理）被送回美马家。庆一郎之母早就患有心脏瓣膜症，常常卧床不起。有人让她看了龙彦面目全非的尸体，她当即因心脏停搏而死去。当时，庆一郎因参加登山集训不在家，是公司以让亲属认尸体为借口，强迫他母亲和他父亲"见面"的。……

"大和物产甚至连劳动基准法所规定的抚恤金也不给你们家。说你父亲不是在工作时间因公死的。你家遭到社会的责难，以圣亲戚们对你们也避而远之。当时陪你为你父母守夜的只有我们登山队的队员，也是我们把你的双亲送往火葬场的。"

名城说到这里时，夕阳已沉到后立山锯齿状的山巅上，染红了堆积着白雪的岩壁。周围的天空已暗淡下去，安昙野已经浸没在一片苍茫黄昏之中。两人遥望西沉的落日，眼睛里燃烧着无从发泄的怒火。

三

"在和尚念经时，我仿佛听到轰隆隆的声音，这是我父母肉体燃烧时发出的,是他们肉体变成灰烬洒落地上发出的。我还仿佛听到他们在惨叫:'庆一郎啊!我们是被人害死的啊!你可要替我们报仇啊!'当时,我心中暗暗发誓,我要讨还血债!"

美马愤然叫道。此时,蕴藏在他心中的愤怒在激烈地喷发,以致他那苍白的脸色变得通红通红。

"谁也没有告诉我,但我很清楚,我父亲是惨遭暗算的。据解剖化验,酒精浓度在他的血液中达百分之零点五,显然达到酩酊大醉的含量了。不错,我父亲好喝酒,但决不至于喝到如此程度。一定是有人把他灌醉,然后将他推到车上,用什么阴险毒辣手段,使车撞折桥栏杆,把他送进地狱的。如今,抹灭杀人证据的凶手,一定得意非常。可是我绝不就此罢休,让他们逍遥法外。我要为双亲、为我们,也为死去的许多婴儿报仇。"

"不过,我们的复仇计划推迟了两年。当时我们都是东都大学二年级学生,我们决心无论多艰苦,也要念完大学,以便将来考进他们的公司。因为要报仇,就要接近敌人,应从敌人的堡垒里消灭敌人。"

名城说道。此刻他已不是代美马说话,他在回忆他们复仇的初步准备:

——首先必须通过对方公司的考核。因为日本的一流公司,非大学毕业生不录用,为此必须挨到大学毕业。但在考试之前,他们遇到种种困难。第一,学业成绩不佳,在校内预考中,就可能被淘汰。他们在大学一、二年级时,把精力放在鹿岛枪北壁的登山训练上,所以学业荒废了不少,以致在大学的后两年里,他们不得不放弃北壁,埋头攻读起乏味的教科书来。第二,他们要吃饭,要交纳学费。这对于几乎没有什么财产的他们是个大困难,但他们终于也解决了这个困难。第三,还不知道两家公司在他们毕业那年,是否招收新职员,如果招收,是否到东部大学来招。由于经济界的萧条,许多公司都停止录用新职员了。如果这两家公司也如此,那么,两人就无可奈何了!

于是两人对这两家公司招收职员情况作了种种调查,得知过去它们每年不管经济是否景气,都要招收新职员,而且都向东都大学招收。他们还了解到,两家公司并未因那两大事故而受到经济上的挫折。由此可以推测,他们毕业时,这两家公司是不可能不招收新职员的。

但是他们未免乐观了。每年的就职期已到,这两家公司已委托东都大学就职斡旋科招收职员。他们准备充分,正打算应募时,却意识到了一个问题,不禁大吃一惊。他们经过刻苦学习,成绩优异,通过考试显然没有问题,但是公司能够让因中了自己圈套而受害的人的子弟进到公司来吗?不消说,在正式考试的选考时,他们就极有可能被"刷"掉了。两人只想到复仇,竟忽略了这个简单的道理。

于是他们绞尽脑汁想出一个绝妙办法:交换复仇。幸好没有人知道名城高太郎和美马龙彦的关系。储油罐爆炸事件和含毒奶粉事件也毫无关联。另外,更没有人知道:这相邻两家的长子由于共同爱好而成了莫逆之交。他们把对方的不幸视为自己的不幸。他们不因"交换复仇"而对仇人的仇恨减少分毫。他们两人都是经济系学生,两个公司考试的题目也大同小异……。

两人住了嘴,此时,风也平静下来。

安昙野下面闪烁着密密点点的灯光。此刻,在山下面所有安谧和美的家庭里,全家该都围坐一起,正享受着丰盛的晚餐吧!

两人的身影淹没在黄昏的暮色中。

就这样,名城健作和美马庆一郎先后分别考进大和物产和明和化成两家公司。

在举行入公司仪式的前几天,两位好友又爬上了鹿岛枪。在迈出复仇的第一步前,他们怀着依不舍的心情,向他们青春的舞台道别来了。

夕阳已经坠落后立山后,西边天空挂着一抹霞光。顽强拒绝攀登者的鹿岛枪北壁,在淡淡霞光下,头上仿佛披着粉红色的面纱,脚下却溶化在卡哥尼里山谷的墨色深渊里。危乎高哉的中央壁,不时传出雪崩的轰隆声。

"亲爱的北壁,我们终究未能征服你呀!"

"我们一定要回来的!你可要顶住,保持'贞节'罗!"

两人情不自禁感叹道。

"喂,名城君,我们交换登山杖吧。"

突然,美马奇妙地建议道。

"好啊!"

名城悟出美马建议的含义。

"在我们复仇成功之前,我们的登山杖各易其主。它们都是出自瑞士名匠之手,它们是我们青春的见证物。名诚君,拜托了!"

"我也拜托你了!"

两人交换了青春的见证物,四只手紧紧握在一起。此后,他们将各自在自己的公司,赤手空拳向强大敌人挑战,宛如螳臂挡车!然而,熊熊的复仇烈火和初生牛犊不怕虎的年轻人胆量,使他们蔑视强敌,他们确信将有重登阿尔卑断山的一大!

两人瞥了北壁一眼,踏着硬雪,迈开了坚定的步伐——他们要回到"下界"——一场残酷的战斗在那里正等待着他们!

第二章 露出水面的冰山一角

一

黑木一郎——明和化成公司总经理、五十七岁。

黑森进——明和化成公司保安科长、三十一岁。

花添由美——明和化成公司总经理第二秘书、二十一岁。

铃岛谕——消防厅事故调查官、四十八岁。

"首先介绍我的仇敌。"名城将以上四人的名字写在纸上之后说道。

这里是名城的公寓宿舍。他和美马两家原是邻居,但怕被公司知道后招致怀疑,有碍于执行计划,就狠狠心卖了原有房子,搬到距离适当的公寓来住。

"总之,这四个家伙是浮现在水面上的冰山一角。事件发生时,黑木一郎是专务。这家伙面善心毒,他是事件的主要目击者,但几乎所有诬陷之词皆出自他口。"

"据说他是令尊好友,是府上的常客。"

"是这样的。而且家母还亲自下过厨给他炒下酒菜呢。可是我对他没好感。他和家父谈话内容多属闲聊。事件过后,他马上被提升为公司总经理。"

"……"

"第二个家伙黑森进,是明和化成的油罐车司机,是他一口咬定名城建设的车撞了油罐车的。因为名城建设的司机石渡,被烧死在车内,故作为另一方司机的他提供的证言被采纳了。究竟谁撞了谁,鬼知道!事件过后,他变得阔气多了,和一个女人搬到涩谷的高级公寓住。如今他被提拔为明和保安科科长。"

"一个司机,短短两年,就当上了科长,实属蹊跷。"

"是的,涩谷的公寓十分豪华,非普通薪水阶级能住得起的。再说,他还大把大把地花钱玩女人呢!"

此时,夜色已笼罩室内,但他们不开灯,仍然继续谈话。

"第三个叫花添由美。和黑森进同居的女人就是她,但公司上下都不知道,她和黑木暗中也有瓜葛。两人每月总要在饭店幽会一两次。"

"你是怎么知道的?"

"你大概认识山路四郎吧?他原是登山队的低年级学生,上了两年东都大学就辍学了。我最近偶然遇到他,得知他现在是一名私立侦探。我向他谈及我们的事以后,他表示愿助我们一臂之力。路见不平,拔刀相助的朋友是很多的。我很想让你和他见见面,一直没有机会。今天我约他晚上来。"

"是山路呀!当然认识。我们还一起攀登过甲斐驹山,他爬得可快了!他因家庭困难,中途辍学,这我知道。可没听说过他当了私立侦探。"

"有关花添的情报是山路出于义气为我们探取到的,很可靠。"

名城说道。美马点头称许。

"接近花添是实现我们计划的最近途径啊！再说，你是多情郎，花添又是美人。"

"别胡说了！

美马故作愠色说道。

"不要生气嘛！花添不仅是黑木、黑森的情妇，而且和明和化成三分之一的上层人物都有瓜葛。如能征服她，从她口中必能得到我们所需要的东西。"

"那么，请问一句失礼的话，她和令尊大概也有那种关系吧？"

被美马一问，名城略显尴尬地说道：

"不能断言说没有，这有待于山路的调查。……最后一个家伙是铃岛谕……"

为把对方的注意从亡父极有可能的丑事上转移开，名城马上谈到下一个嫌疑者。

"铃岛是消防厅组织的事故调查团团长。他对事件的态度，前后迥然不同，这从当时的报纸上就知道。起初，他坚决主张责任在于没有搬开危险物的明和化成。可是调查中途，他的态度急剧转变，说什么'发生爆炸的油罐车，常温常压，并有正常的低温设备，放置场所在工厂内，非属危险区。而且每年还请消防署进行定期检查，安全措施毫无纰漏。事故是由承包工程的名城建设公司运货汽车在工厂内不听有关人员劝止，高速行驶，在油库附近撞到油罐车上，汽车上装载的丙烯甘醇起火燃烧引起丙烷储气罐过热爆炸。工厂里没有高速公路，在厂内高速行驶，缺乏起码常识。作为厂方，对这样异常事态，事先是无法预防的。因而，我们认为明和化成公司，不负任何责任。'事故调查团长的报告对当时事件的处理起多大影响，是可想而知的。他的态度为什么发生如此之大的变化？是明和化成用金钱美女收买他的呢？还是威吓他的呢？或是他们之间有什么肮脏交易？有待调查。总之，以上四人是我目前所能知道陷害我父亲的四名凶手。这里有可供参考的有关他们的社会关系、个人履历、财产的材料和照片。遗憾的是没有一件有关那一事故的直接材料。"

名城健作停住了话头。夜色已经降临，室内漆黑，只有对面雀庄的霓虹灯光，忽闪忽闪地照在两人发怒的脸上。他们谁也不去打开电灯，现在只是让对方了解自己仇敌的轮廓。这不需要照明。

"好的，你的仇敌情况我大体了解了。该谈我的了。"
美马开口说道。

入九虎之助——大和物产公司的常务董事，兼食品部部长，五十八岁。

松并学——大和物产公司川崎食品工厂技师长、三十四岁。

姿英策——大和物产公司财务部长，四十八岁。

小柳圭子——入九虎之助的秘书，松并的情人、二十二岁。

"和你一样，我的仇敌也是四人。入九虎之助是大和物产创始人中冈信弘一手栽培的。中冈信弘临死时，拉着他的手恳切地把儿子——现任总经理中冈信彦托付给他。所以入九虎之助是大和物产的'顾命大臣'，现任总经理忠实的保护者。还有一个和入九地位相当的董事，名叫草香刚辅。中冈信弘死前看到战后日本工业发展趋势，成立建设机械部，让另一亲信草香刚辅掌管。这样，大和物产拥有两大行业，即原有的食品业和建设机械业，后者的成立，虽有利于企业发展，但却促成公司两个顶柱式人物间的明令暗斗。战后形势尤其有利机械业的发展，机械业有逐渐取代食品业的优势。入九虎之助不甘落后，他之所以使用尚未弄清楚的乳质稳定剂,是想以此降低产品成本挽回劣势。"

美马说到这里时,名城说道:

"在这次股东会上,草香被提升为专务董事。由此看来,由于发生了这个大事故,入九虎之助一派,虽然杀害了令尊,拿回去了那个命令书,逃脱了刑事责任,但处境毕竟变得愈发不妙了。"

"草香那一派巴不得抓到那张命令书。这种派系斗争,我们要加以利用。表面上我们要装扮成入九派的忠实职员,而暗中却投靠草香派,利用后者搞垮入九。"

美马眼里闪烁着怒火说道。专心听他讲述的名城也怒容满面。就像精密机械需要加油似的,双方都把对自己仇敌的憎恨情绪,灌输给对方。

"第二个仇敌是松并学。据说家父在高速公路上遇难时,他的车就在前面,这难道是偶然的吗?"

"至少是目击者了?"

"是的。可是向警察报告事故的不是他,而是一个出租汽车司机。这位司机记住了在事故发生时,同一地点奔驶的松并的汽车牌号。然而如此之大的事故,松并硬是说他没注意到。他说当时他带着未婚妻小柳圭子开车兜风,所以不知道后面发生的事。要知道,那个事故是多么大呀,而且遇难者是自己工厂里的上司,他怎会不知道呢?对此,警察也觉得颇为蹊跷,好像进行了一番调查,但因找不到证据而不了了之。事件过后,这个过去在公司碌碌无为的小人物,被提升为川崎工厂的技师长了。"

"财务部长姿英策,事件当时是人事科长。他原是劣势派入九的小喽啰,因为和中冈信弘的妹妹结了婚,成了公司内很有潜在势力的人物。甚至有人认为入九派之所以能勉强维持现状，全靠的是姿英策。这家伙销毁了先父的辞呈。已经可以肯是入九勾结他来陷害先父的。最后是小柳圭子……"

"这女人我认识，是入九的得宠秘书，在食品部目中无人，十分傲慢。可是令人不可思议的是，她本来要和松并结婚，事件过后却急剧地疏远了他，两人关系变得十分冷淡，现在几乎不来往了。"

"是的，其中必有缘故。这位女人在发生事故那天，因为坐在松并车里，显然目击了事故情况。而且，是他趁我不在家之际，把因心脏病卧床的家母推醒去认家父面目皆非的尸体，致使家母受到极大打击而死亡。对这个女人我恨之入骨！"

美马讲罢，两人沉默相对。窗外传进大街上汽车奔驰声。他们已经勾画出"嫌疑犯"的轮廓，但尚未抓住能置他们于死地的真凭实据。为此，坏家伙们正十分得意哩。当务之急，必须搞到能够告发他们的材料。

敌人仅仅八个，全搞垮他们，也不足消除两人心中的怒火。

两个人是准备向八个人所代表的一股庞大的势力挑战的。

杀害他们亲人，使他们家破人亡的，不仅仅是这八个人，而是这八人背后的庞然大物。是它滥用组织机构和亿万财富，草菅人命，肆意摧残个人幸福的，它才是他们的主要敌人。他们宛如不知天高地厚的两只小虫，毫无畏惧地向这一庞然大物的身边悄悄爬去。

二

"名城先生，有客人找您！"

公寓管理人在下面喊道。

"是山路来了!"

名城站起来。但是客人未等他去接,就踏着咯吱咯吱响的楼梯上来了。

"名城先辈①,晚上好!"

"请进!我正等着你呢!"

尽是补丁的隔扇门被打开了,山路四郎走到了门口。

"喂,梶村请进来!"

山路回头说道。他背后好像还有一个人。这使名城和美马迷惑不解。他们两人在一起是不愿让外人知道的。

"大大方方地进来吧!他是已故令尊所在公司总经理的公子哟!"

山路奇妙地说道。这时他背后一个年轻姑娘拘谨地走进屋来。名城见到她,不由得愣了一下。

"怎么,是梶村小姐?"

"好久不见了!"

她低头寒暄道,显得十分窘。这是一个面目清秀的姑娘。名城随即向看得出神的美马介绍道:

"是梶村弘子小姐。你大概听说了吧?她是那个事故中,同家父一起被害的司机石渡先生的小姐。梶村小姐,这位是我的朋友,美……"

"我认识,他是美马庆一郎先生,是今年刚入公司的新职员,明和化成第××期进修生。"

她顽皮地微笑道。他们初次见面的拘束感,一下子消失了!

"这,您怎么知道?"

美马、名城同时问道。

---

① 先辈:日本低年级学生对高年级学生的称呼。

"我也在明和化成公司工作,已经见过美马先生好几次了。"

"噢……这样说,我好像也……"

美马终于想起似乎见过她。由于钻进敌人堡垒,身心紧张,无法都记住周围的一般人员。

"美马先辈,久违了。实际上,我也是今天才知道梶村小姐在明和工作的。"

在一旁只是笑眯眯的山路,这时才开口道。

"喂!山路,请不要叫我先辈了!请问,梶村小姐怎么也来这里了?"

美马问道。这也是名城所急于知道的。

"是这样。今天我是以调查黑森的婚姻为借口去明和的。接待我的就是梶村小姐,没谈多大一会儿,她就识破我了。"

"我马上看出山路先生的真正目的不是调查黑森的婚事。这倒不是山路先生问得不巧妙,而是因为我也是以同样目的进到明和公司的,对此是很敏感的。"

"当她当面揭穿我:'您真正的目的恐怕是想知道黑森一下子由司机提为科长的原因吧?'我大吃一惊。可是,当互相知道了对方身份时,我们就成了志同道合的人。梶衬小姐也怀疑其父死得蹊跷,想闯进明和公司进行调查。好在她是石渡的养女,姓与户籍和其父不一样,因而得以顺利进入这家公司。她经过一番努力,接近了黑木,现在是总经理第一秘书。"

"父亲显然是被害死的。他是三十年安全行车无事故的老司机,怎能在工厂里随便开快车呢?说我父亲的卡车撞到油罐车上,可是却以现场危险为借口,不让我们家属接近事故现场。"

"也不让我家人看现场。他们肯定在那里搞了什么鬼名堂。"

名城插嘴道。

"我父亲遗体与汽车一起焚毁。我见到的只是他那被油烟熏黑的一堆骨屑。难道这堆令人目不忍睹的无机物是我慈父留给我们的纪念物吗？当时面对他的骨屑，我发誓要向害死父亲并把一切罪责转嫁给他的家伙们复仇。"

说着，她的眼泪夺眶而出，埋藏心中的悲痛被触动了。

"那么，现在你调查出什么来了？"

名城抑制住悲愤问道。

"是一件小事。发生事故的同时，黑木的次子明负伤被送医院。他锁骨骨折，伤势颇重。但由于治疗及时得当，如今已恢复健康，能东游西逛了。我感到奇怪的是黑木家为什么竭力隐瞒这件事。本来骨折是一般的伤，无须忌讳隐瞒的嘛！"

山路接着弘子的话说道：

"黑木有这样一个浪荡儿子，这你大概听说过吧？他和我们年纪不相上下，从 R 大学毕业之后，也不就职，靠父母养着到处游荡。大凡做父母的，对越是不肖的子女越是疼爱。黑木对明也十分宠爱。而且明这个纨绔子弟，整天不是和酒吧间的女招待鬼混，就是驾车兜风。最近他又看上了梶村小姐，没什么事也要到公司走走，对弘子小姐动手动脚的。"

"哎呀，别说了！"

弘子面色涨红。山路欠婉转的话语刺痛了这位单纯姑娘的心。

"总之，首先有必要弄清这里面的原因。"

"你是怎么知道的？"

"很偶然。前天，我参加一位朋友的婚礼，坐在我旁边的是那个医院的护士。当她知道我是明和的职员时就问：'黑木先生那位公子最近怎样呀？'"

四人静了下来。弘子站起拧开电灯，顿时明亮的灯光充满房间。四个人一愣神，相对看了一看，继而哈哈大笑。他们对自己竟无暇去开灯,感到奇怪了!此刻,他们就像热烈商量如何出外旅行的伙伴们一样呢!

"有没有吃的?"

被山路一问,名城和美马也感到自己肚子饿而慌忙起来。山路和弘子,对他们来说可算是稀客,可竟然连一杯茶也没让他们喝上。

三十分钟后,四个年轻人在吮吸着汤面。

虽然营养价值有限,但没有什么食物比汤面更受年轻人欢迎了。他们围坐一起吮吸着汤面的同时,友谊也在增长着。

分别时,四人紧紧握手,发誓今后同甘共苦、同心协力。

在当晚会谈中,他们对"露出冰山一角"的九个人中(包括黑木明)当前要急需弄清的几大问题作了分工:

美马——千方百计接近花添。查清黑木、黑森之间的关系。黑森异乎常例升职的原因。

名城——查清松并学和小柳圭子自事件之后关系疏远的原因。在事故当晚,为何出现于现场,又为何不向警察报告事故。

梶村弘子——查清黑木明为何在事故同时发生骨折,是否纯属巧合?黑木一家为何隐瞒这一事实。

山路四郎——查明由大和物产的入九虎之助发给美马之父龙彦的命令书现在何处?铃岛调查团长态度急剧转变的原因何在?

第三章　接近美女

一

一个月的培训结束以后，美马被分配到明和化成总务科供职。总务科全体职员不足二十人。美马的工作是分发所有寄来的公私信件，就像是公司私设的邮递员。

这种工作能使他尽快认识公司上下职员，因而是美马求之不得的。

总务科，工作杂七杂八，包括诸如职员们的福利医疗，出差时车票的购买和住宿的安排，股东会议的准备等等，以致被老职员们叫作杂务科。正因为这样，美马能够接触公司头面人物，使他便于执行计划。

他办公地点离总经理黑木办公室近在咫尺。

分配到总务科第三天，美马就见到了花添由美。清早，他把一捆总经理的信件送到他办公室前，敲着印有"总经理办公室"六个金字的不锈钢门时，里面传来了年轻女性"请进"的声音。他推开门，初次见到这个"嫌疑犯"。坐在她后面的梶村弘子朝他笑了笑。此刻，从位置上说，美马已经钻进敌人堡垒的核心。

这个办公室分为两部分：秘书室和总经理室。两个部分都铺着厚厚的红地毯。美马现在站在秘书室，总经理室在里面。如要会见总经理必须通过秘书，秘书通过电话请示总经理，得到许可后，才能进去。

"这是总经理的信件。"

"放在这里吧！"

"那么失礼了！"

把信件放在桌上，美马正要离开时，被由美叫住：

"等一等！"

她傲慢的态度和娇艳的打扮与美马根据介绍而想象的样子完全一致。

"什么？"

美马站在门旁显得有点紧张地问道。

"你，我怎么没有见过？"

"我叫美马庆一郎，是今年刚进公司的职员。请多关照！"

"知道了！"

由美也不按通常的礼貌作自我介绍，只是哼了一声。美马心中不禁笑道：

"这个女人，还不知道已经被我'盯'上了，等着瞧吧！不用多久，我会让你傲慢的脸因恐怖而抽搐呢！"

当天下午，名城给美马打来了电话：

"我的工作已经安排了，是财务科。直通电话号码为二六×——三四九二。此电话不通过转换机，不必担心被窃听。电话就在我办公桌上，有紧急事，可马上通知我。"

"遵命！"

"对花添由美的工作进行得怎么样了？今早，我去你们那里侦察了一下，知道你和她办公地点靠得很近。"

"是的。我正有条不紊地做她的工作。"

"她是个颇难对付的女人，你可不能操之过急！我这里也正从小柳圭子下手。详细情况，今晚到我的房间谈，我等你！"

"是，知道了！"

美马放下话筒。谁也没注意他的电话。

明和化成公司总部设在丸之内的新东京大楼七层和八层，而大和物产公司的食品部也设在这个楼的六层，机械部设在五层。两个公司共在一个楼，这对美马和名城来说似乎方便，其实更多的是不利。

两人身处敌人营垒，为避嫌疑，在入公司前两人将相邻的两家房屋卖掉，搬到相距较远的公寓住。他们绝对不想让自己的上司和同僚看出他们之间的任何联系。

因此同在一座楼工作的两个人，虽然常常照面，却要装得像陌生人一样。

二

进公司后不觉已有半年了。街道两旁的林荫树的叶子已经枯黄，萧萧落下，高楼大厦之间所能看到的一片天空，每日在加深秋色。

在这六个月里，他们赢得了所在部门的上司和同僚的相当好的评价，被公认为是模范职员。他们是为了便于以后的行动，才要做一个"优秀"职员，以便在庞大的组织中站住脚。

另一方面，美马踏踏实实地做由美的工作。他频繁地进出总经理办公室。他把一次可以送完的邮件，分成两三次送。由美似乎迷上了美马那种翩翩风度和带虚无神情的面貌。她明显地欢迎他不厌其烦的"访问"。

这期间，由美不止一次挑逗美马：

"美马先生，今天按时走吗？"

"不，还有许多没办完的事呢。"

"那要干到很晚吧？"

"很难说呀，因为是月底了。"，

"今天总经理不能按时离开办公室，我也要晚走……"

由美不断地用媚眼扫着美马。

"可是我们恐怕要彻夜加班呢！"

美马说道。他故意不理睬她的挑逗，他随时可以捏碎这只毒虫，但首先必须操纵她，然后……

美马突然想到他过去登山时在山上玩弄女人的情景。为了猎取尤物，夏天在山上的集训结束以后，他留在上高地或弥陀原，接近女流伙伴，自荐担任她们登穗高山或剑山的向导。在从一般路线登到顶上的途中，他向她们介绍几种高山植物之后，她们就慷慨地向他提供了肉体。

在夕阳下的花圃中，在星光下的河岸旁，或在帐篷，他并不激动地玩弄着她们的肉体。当时的情景并未给他留下深刻印象。他不过接受她们为了感谢他这个向导而提供的报酬罢了。

单纯的女人们被大自然的美景所陶醉，浪漫十足。美马担任向导的路线，连小学生都能登上去，可是她们却故作多情地投到美马的怀抱里，这是多么愚蠢和滑稽啊！

美马想象以后蹂躏由美的情景：在一个非登山运动员所难以攀登上的高地，他肆意地玩弄了她以后，将痴醉如泥的她扔在那里，自己下了山。

想到这里，美马冷冷地对由美说道：

"我失陪了！"

"美马先生！"

由美喊道。但他头也不回地走出秘书室。在现阶段，对她应保持一定距离。对她越冷淡，她就越急不可耐。

另一方面，美马对在敌人营垒里唯一的伙伴梶村弘子无意识地存在着一种特别感情。随着接触的增多，他们越来越亲密。和"敌女"由美相比，弘子的那种清秀的美，如同微风一样吹拂着他的心。

梶村弘子是黑木的第一秘书，花添由美是前任总经理的第一秘书，因前任总经理的去世和黑木的提升，弘子取代了由美。尽管如此，由于黑森的斡旋，由美总算被留用担任第二秘书，而且大约从一年前开始，她顿得黑木的欢心，现在大有超过为人老实的弘子之势。

原来由美对弘子心怀不满，后来她看出弘子为人忠厚不乖巧，不是自己竞争对手，就不把她放在眼里。

黑木巧妙地使用这两个秘书。在公务上，尽量使用手脚麻利、精于数字的弘子；在对外应酬上，多携带虽然散漫但富有女性魅力的由美。两人对自己所充当的角色，十分满意。在无法区分工作又没有黑木的特别指示时，由于弘子的谦让，她们之间配合得还好。

因为是"邮递员"，美马能频繁地进出一般职员所不能随便靠近的总经理办公室。但是他难以见到黑木。黑木经常外出，偶尔在公司也是坐镇在秘书室后的经理室里。在明和化成公司里，黑木是凌驾在美马他们这样的下层职员所高不可攀的云层之上。

但是，黑木的动向，都在美马的掌握中。自从担任"邮递员"以后，凡寄给"嫌疑犯"们的信件，他都要预先阅览一遍。

大力协助他完成这种作业的是弘子。他每天上下午各分发一次信件，看到有给"嫌疑犯"们，尤其给黑木的信件，就抽出来交给弘子。弘子将这些信件拿到和自己订了特别合同的附近一家吃茶店，在咖啡蒸气上熏了以后，打开信封偷读。凡有可供参考的，都用预先放在店里的复印机复印下来。作为一流公司的总经理，黑木的信件数量是相当多的，美马、弘子在短时间无法一一偷阅。黑木把除自己的私人信件和标有"公司密件"以外的其他公信都委托给弘子拆阅，让她阅毕后，将内容扼要告诉他。因此，美马、弘子所偷阅的都是黑木私信和"公司密件"。

当然，弘子的作业还包括办公室和吃茶店之间的来回，但仅需三十分钟。

弘子不在办公室时，这种作业由美马亲自完成。

偷阅完的信件，按原样封起来以后，弘子又若无其事地将它们放在黑木的办公桌上。

可是，他们没有从这些信件中得到什么特殊的收获。

三

十月末的一个星期五下午，美马把一些已经偷阅完的信件送到秘书室。明和化成公司比其他公司先试行每周五日工作制，所以，此刻公司上下弥漫着周末的弛缓气氛。秘书室内只有花添由美一人，她无所事事地翻阅着周刊杂志。

"总经理呢？"

"参加N饭店开张典礼去了。"

"梶村也去了?"

"是啊。怎么?担心了?"

由美含笑说道。

"不,没什么,只是这里有她的信件。"

美马答道。他显得十分认真。

"美马,就我一个人,要是不忙,坐一会儿吧,反正明后天是连休,大家都准备着下班呢。"

"这里有总经理的公信十二封、私信三封,其中挂号信三封,请您签一下字。"

"您还是这么一本正经呢,美马先生!要知道,一个职员过于正经,就永远发不了迹。"

"请签字!"

"天气这么好,明天能带我去箱根吗?我真想去那里玩玩。"

由美走到窗旁,望着窗外说道。她那身体的曲线在逆光中被刻画出来,深深地刺激着美马。他那种被埋藏在心底的对女性的渴望又苏醒了。

"美马先生,你的假日是怎么度过的?难道抱着膝盖看电视吗?"

"很遗憾……正是这样!"

美马故作平静地说。对这个女人,越是以公务式的口气回答,越能起到挑逗作用。这是六个月来接触她所得到的结论。对待越是自负的女人,就越要无视她的自负。

当女人感觉到她"攻无不克"的武器失灵以后,就会焦躁起来。美马心中冷静地算计着。

"那,怪可惜的。"

由美意味深长地说道。

"美马先生，您大概有女朋友吧?"

"现在还没有。"

"那么，有'目标'吗?"

"没有。"

"我不信!"

"我为什么要撒谎呢?"

"那么，您和梶村……"

"什么意思?"

"好像挺亲密的。"

"不过是每天早晨给她送邮件罢了。"

"要是这样就好了。总之，你令人不放心，因为是美男子。"

"过奖了!"

美马一本正经地答道。

"怎么样？您如果明天放便，就带我去什么地方玩吧！我可有的是时间。"

由美从窗户旁边走过来偎依在美马身上。秘书室的门是自动弹簧锁，从外面打不开。有钥匙的只有总经理和弘子。由美越发大胆。过去还没有一个男人经得起她这样引诱的。

"小伙子，你别假正经了！这么长时间你能忍得住，还算不错，值得称赞。过去还没有一个男人像你忍这么长久呢！可是看来你也得'垮'!"

由美心急如焚:

"怎么样？我有一辆米黄色的'嘉卡'车，我的驾驶执照还是国际通用的呢。你如果没有执照，由我开。明天就去，去箱根还是伊豆，哪怕住一个晚上也行!"

由美对着美马说，她翘起的嘴在喘着气。美马接近她已经有半年了！时机成熟了！

他的眼睛闪起了光。

"男人和女人的事,大可不必不辞辛苦去遥远的箱根……"

他的口气突然变了,一下子撕下了模范职员的面具。实际上,他至今所干的一切都是预先算计好了的。

美马向由美扑过去。

"等一等!"快要被压倒在地毯上的由美以近乎悲鸣的声音喊道,"难道就在这里。"

"是的,就在这里!"

"不行,这是办公室,要是被人撞见了怎么办?你不要焦急,再等一天吧!"

"门是自动弹簧锁,不必担心外面人撞进来,再说又不是特地锁上门的,不会引人怀疑。这个办公室还是隔音房间。不需要去热海,就可以在这里度过快乐时光。"

"你……"

美马粗暴地剥下由美的衣服……美马极为巧妙的演技使由美如痴如醉,甚至忘记是在工作岗位上。但是美马在双方即将达到高潮时强忍住了。他不理会半狂乱的由美的要求,很快地穿好衣服、冷冷地对由美道:

"以后到别的地方再说……请在收发单上签字吧!"

恢复成模范职员的美马把笔塞给她,强迫她在收发单上签了字以后,很快地离开秘书室。几分钟后,他在地下室用公用电话告诉名城:

"已经征服由美!今晚届时和梶村小姐到你宿舍去。"

四

美马和弘子来到名城宿舍时,他还没有回来。

"奇怪，他是知道我们要来的呀！"

"大概因为月底财务科的工作很忙！"

"那倒是！"

两人在大煞风景的仅四铺席宽的屋子里坐到椅子上。

"今天N饭店的开张典礼热闹吗？"

美马问道。在这狭小空间相对而坐的两个青年男女不禁有些心猿意马。尤其是美马，在几个钟头前虽然接触了年轻女性的肉体，但感情没有得到发泄。此刻单独和弘子坐在一起，他更受不了。

"十分隆重，噢，刚才黑木明还赶到会场找他父亲要钱花！他老子还真宠他，当即给他开了一张五万元的支票。"

"支票？"美马的眼睛亮了起来，"那么黑木总经理总是随身携带印鉴吗？"

"印鉴由我保管，他说放在他那里容易丢失。"

"由你保管？"

"怎么，你感到奇怪吗？"

"明和化成公司以总经理名义开出的票据面额大概有多少？"

"具体数目不太清楚。因为财务方面交款的支票也是用总经理名义的。估计超过五亿元。"

"五亿元！"

美马咬着嘴唇。自己过去竟然没想到这一点！弘子手头既然有总经理的印鉴，那就可以随便开出期票。明和化成是一流大企业，它的期票拿到什么地方都可以贴现现金。如果把期票的兑换日期写成三个月后，期票经过三个多月的流通，就会不知落到什么人手里，而被取了钱。这样的期票因为混在数目庞大的五亿圆的票据中，不易引人注意。当然这样的期票开多了，公司也吃不消，而一旦波及明和财务，总经理黑木定被追究责任的。黑木把印鉴托付给弘子,无异授予她期票的发行权。即便万一滥开期票贪污金钱的问题败露,只要弘子一人承担了责任,"复仇"的主流绝不会受影响。再说,这种危险性并不大,因为账簿外的期票有很多,一两张面额不大的混在其中,很难被发现。

美马向弘子说明了自己的想法。

弘子点头,表示同意。

"谢谢你了!"

美马情不自禁地握着弘子的手。他所构思的冒险计划而可能失去梶村弘子这个战友,却可以得到数额很大的活动经费。

美马的手加大了力度、把弘子的脸按在自己的胸膛上。女人芳香的头发触到他鼻腔里,他不由得把脸埋到她头发上。两个人就这样抱在一起。

"不能这样!"

当美马要关上电灯时,弘子急忙站起来要躲开他。但美马再也按捺不住……房间暗下来以后,美马把弘子按倒了。

弘子虽然抵抗了一时,但不坚决。她对他没有爱的感情,却有一种对战友的好意。这种好意,使她轻易地失去了处女的贞操。

第四章　肉欲和金钱

一

花添由美完全迷上了美马庆一郎。

可是这位可憎的男人美马在关键的时候总是离开她。使由美感到委屈，甚至流下眼泪。

然而和美马在一起的时候，她又被他弄得神魂颠倒。最后他照例采取老一套，宛如携她接近顶峰，突然冷冷地甩下她。

由美越来越迷上这样的美马。

要打"持久战"了！这样下去，我苦他也苦。

由美怀着一种凄惨而又渴望的心情去和美马幽会。

他们幽会地点是位于赤坂葵坂山坡的饭店。

"快三个月了吧！"

由美边擦着身边对美马说。

"三个月了？"

美马望着由美道。

"你大概忘了吧？我们已经约会多少次了？"

由美笑问道。

——今晚是关键,我务必从她口里得到什么,否则我受不了啦!

美马终于下了最后的决心!

"由美,我要出人头地!"躺到床上之后,美马说道,"我比哪一个新职员都渴望早日成功。你是总经理的秘书,要在他面前为我美言美言。"

"这可难办呀,因为在别人看来我们俩人毫无关系,我要是在总经理面前提起你,会引起他的疑心的。"

由美喘着气道。

"可是黑森是得了你的垂青和推荐而平步青云,由司机一跃而成科长的吧?"

"他是另外一回事。"

由美不由自主地上了美马的"诱导寻问"的当。虽然她的回答是短短的一句,但美马听得出来,由美和黑森的关系非同一般。

"为什么说是另外一回事?"

"这,无可奉告!"

"不行!请你告诉我!"

美马坐起来,穿衣服要走。

"求求你别走……"

由美哀求道。

"那么,请快说!"

"事情是这样的……两年前,品川工厂发生了事故……是总经理的儿子无执照开油罐车……撞了对方的汽车……他受了伤……是黑森把他从燃烧着的车中救了出来。"

尽管是断断续续的供述,但美马可以推测出当时事故的经过:那天黑木明又到品川工厂向他父亲要零花钱,见到经常停在那工地上的油罐车,于是因好奇手痒开动了车,谁知撞了名城公司的汽车,引起一场悲惨事故。他自己受了伤,黑森那时正在现场,从火中救出了他……

"黑森因为救了总经理的公子有功,当上了科长,对吧?……那么名城建设公司的司机呢?"

"这、我就不知道了!"

美马知道从由美的口里再也挤不出什么,便又躺在床上……

二

当晚,美马、名城和弘子又集中在美马的宿舍。

"果然是黑木明开油罐车先撞了对方的吧?"

名城迫不及待地咬着嘴唇问美马。

"是的,虽然是正面相撞,但肯定被撞的车是缓慢而行,绝不是他们所说的'高速行驶'。所以肇事者能被救出来,而且很快地治好了伤。可是不知为什么令尊们反而被烧死在驾驶室内。其中必有阴谋。"

"那就是说黑木明和黑森知道其中内幕了。"

"是的。我们可以想方设法从黑木明口里得到什么。因为很侥幸——尽管在这里用这个形容词似乎不恰当——黑木明对弘子小姐垂涎三尺。这一点,我们何不加以利用?"

美马说道。

"现在轮到我谈了。"

有关明和化成公司的话题告一段落后,名城开口了。

"你知道明和化成的期票贴息是多少吗?"

名城提出这个问题,美马、弘子感到突然,他们正要问为什么时,名城接着说道:

"明和化成表面上是日本屈指可数的一流大公司,但苦于筹措资金。目前最简单的筹资办法,就是开日期为一两个月的期票,请人到银行去提前兑换现金。但是,如果滥开期票,势必开出兑现日期过长的所谓'台风期票'(二百零十天),'孕期期票'(十个月)。而且,因滥开期票,会失去银行信任而不予兑现,最终只能拿到高利贷者那里去兑换。这样一来,譬如想得到二百万日元,如在银行兑现,本来开二百一十万日元的期票就够了,而现在却要开二百三十万日元。这就叫'票据贴现'。"

名城讲解有关期票的初步知识。美马却津津有味地听着。他感到名城如此不厌其烦地说明,其中必有缘故。

"但是即便一流大公司,银行也不能随便地承兑它的期票。因此,需要大笔资金时,公司往往依赖城市的高利贷者。在这种情况下,公司期票的贴现率,则视该公司的信任度而定。明和公司每一百元的日贴息为四分五厘,一般一流公司的银行日贴息为二分三厘。前者是后者的两倍。可是……"

名城稍停了一下,随即谈到问题的中心。

"大和物产以十五分的日贴息大量承兑明和化成的期票。这样的日贴息大约相当一流公司银行日贴息的六倍。即使高利贷也大抵以不超过六分的日贴息承兑上场公司的期票。由此可知,明和化成的期票已经跌落到非付六分以上日贴息就没有承兑人的程度了。"

"所谓大量承兑,究竟是多少?"

"请看这个吧!"

名城从公文包里取出一份资料。

"这是这期大和物产的资产表复印件。左边是借方的资产,右边的贷方就是凑钱的单位。请看借方开出期票的数额。其中手头八十亿三千四百万元,已贴现的是二十九亿五千七百万元。另外借出去的是三百零五亿六千八百万元,总计四百十五亿五千九百万元。大和物产半年的营业额是五百亿二千四百万元,它竟拿出相当于五个月营业额的大笔款项借出去和承兑期票。由此可见,其承兑进的期票和借出款项与营业额相比,数量之大达到令人惊讶的地步。"

"都是明和的期票吗?"

"至少一半是明和。而且是以十五分日息承兑进来的。明和的期票最低也有三十亿。那么,这么多的期票,一个月的贴息就将近一亿三千五百万元。且不说得这么多贴息是否违反利息限制法。这些贴息已经从贷款中扣除了,可是账本里却没有记上。"

"也就是说,大和的干部为了贪污这笔钱,不把它记在账本上而私自贷出去了。"

美马和弘子逐渐明白了名城话里的含义。

"是的。但是又不像是单纯的账外贷款。且不说大和物产公司,就说明和化成公司,它为什么需要这么多钱。它既然是能够出卖股票的'上场公司',为什么用那么高的利息借钱呢?让这么多期票流到市场,就会失去公司信用,其股票价格必然下跌。这样一来,它的命运就操在大和物产公司手里。万一期票到期,大和物产无法兑现,那么,明和化成公司就会因拒付期票受到处分,甚至被宣告破产。但是我进财务科的这九个月来,明和化成的期票拿来兑现的很少,这是因为到了日期以后,明和化成确实无法予以兑现,它又要求延付期票。这样一来,期票的金额就像滚雪球似地不断膨胀。如果大和物产拒绝明和化成的延付要求,将所有的期票再次兑换回现金,那么,明和化成公司的基础就将发生动摇。"

"那么，明和化成公司为什么竟冒这么大的风险借钱呢？"

"我也为此感到不可思议，恐怕其中有什么问题。"

"非法借得如此大笔款项，经得起股东和政府会计的检查吗？"

"为了防止股东的检查，这些干部们常以小恩小惠笼络参加股东会议的小股东。在股东会议上，一旦有人对账目提出异议和指责，这些被收买的为数众多的小股东们就会群起而攻之，甚至大打出手。另外，在公开的账本上，巨额借款被写成客户赊货的归还款，所以政府会计和财务监察人员也难以发现他们的问题。"

"那么，有办法揭露他们的不法借款吗？"

"有。那就必须拿出令那些被他们收买了的小股东们也无法反驳的铁证。并且，我们也需要强有力的股东支持。要知道他们收买的为数众多的小股东，大都是精通商法、老奸巨猾的家伙。为了对抗这些家伙，我们也得雇用比他们更为厉害的，具有参加总会资格的小股东。"

听了名城的一席话，美马十分欣喜地说道：

"那就需要钱了。钱有的是，只要弘子以黑木名义开了期票，你予以承兑，就得到钱了。"

"我承兑的期票混在三十亿以上的明和期票中，微乎其微，别人是难以发现的。弘子你就大胆地多开一些吧！"名城说罢，三人同时大笑。利用敌人的钱作为复仇的活动经费。而且这些钱取得越多，敌人所犯渎职之罪越大。真可谓一箭双雕。

"以上这些情况，我只是用这不到一年的时间调查出来的。"

"真了不起！"

美马和弘子称赞道。

"其实也没什么。分配到财务科工作,每天呼吸着那样的空气。天长日久,即便是傻瓜也会嗅出些什么来的。我还想告诉你们一件有趣的事,美马你是知道的。大和物产的干部分为两派:总经理派即入九派和草香派。这个财务部长姿英策是前任总经理的女婿,现任总经理的姐夫。所以他是纯粹的入九派,他所做的不正当贷款是总经理指使的,也就是代表入九派干的。这样的事,他们生怕草香派知道。为此,九个月来,我竭力把自己装扮成入九派的忠实成员,极力讨好姿部长,竭尽阿谀奉承之能事。因而,虽是新职员,却博得他的相当信任……我之所以能够调查到这些问题,也是颇费心机的呀!"

名城耸了耸肩膀。

第五章 穗高之行

一

工作后的第二年夏天到了。美马和名城看到高楼上空翻滚的乌云,不由得想起留下他们学生足迹的北阿尔卑斯山。要是在学生时代,现在一定到穗高山或剑山去野营,而绝不会闷在东京的。

"如今涸泽那一带怎么样了?"

"别说了!我可受不了啦!"

他们聚在一起"密谋"时,对昔日攀登过的那些高山的想念,象剪不断的乡愁,在心中泛起。

自从抛弃登山的嗜好以后,他们已经取得了一定的成功。九个月来,弘子以黑木的名义开了将近一千万元期票,名城又以大和物产的名义将期票兑换成八百万元现金。他们将这大笔金作为活动经费。

这些期票混在由黑木开出的二亿元期票中,按照常规,到了日期,还会重新被送回兑换成现金的。即便有人将它们拿来换取新期票，这些不记账的期票，也不会被人看出问题。黑木总经理本人所开的期票，也几乎不通过财务科，庞大的借款被伪装为赊款。退一万步，八百万元的期票在最后阶段被人看出问题，也有同样辫子掌握在他人手里的黑木总经理也不敢进行追究。

八百万元对明和化成公司来说，不算什么，可是却是美马他们难得的巨额活动经费。单靠他们每月不足三万元的微薄工资，是办不成什么大事的。

七月底的一个闷热夜晚，美马、名城、弘子三人集中在市中心一流的N饭店里。他们租了高层的一间豪华房间，饱餐了招待员端来的美食以后，又开始"密谋"。

他们自从有了钱以后，讲起排场了。集合地点，尽量选用堂皇富丽之处。在公寓或小旅馆，容易被人听见，而且简陋房子也会破坏他们的情绪。

豪华气氛，给阴谋的策划涂上一层浪漫色彩。何况用的是仇人的钱，而且钱还能源源不绝流进来。

成千上万的老实善良的职员，无限信赖大公司这个庞然大物。他们为了微薄的一点工资勤勤恳恳，兢兢业业。而这几个复仇者却正吮吸这庞然大物的鲜血，吞噬这庞然大物的肉体。

尽管这八百万元仅仅是一小滴血，一小片肉，无损于这庞然大物，但却是将近一百名老实巴交的职员的一个月工资。

复仇者们在认识到公司的庞大同时，也为能享受到它的哪怕一点血肉而感到难言的满足。

饭后，弘子抓起一个草莓，说道：

"近来，黑木明又到秘书室纠缠，真烦人！"

她和美马只发生过一次肉体关系，之后不管美马如何求欢，她总不答应。她变得更漂亮动人了。

"他越发迷上你了吧?"

美马回味着弘子那被他尝过一次的肉体,说道。

"讨厌!不过也是事实,他每天不管有事无事,总要跑到秘书室缠着我:去不去箱根玩啊?去海滨或山上宿营吧!"

"去海滨或山上?"名城插问道。

"是的,说什么房总的海滨根美呀!上高地现在正是观赏的季节呀!"

"上高地?"

美马和名城互相看了一眼。黑木明怎么也对上高地感兴趣呢?不过,如今夏日的上高地已不是为数很少的登山者的胜地,而是不亚于热海和湘南海岸的观光地。

"我一想到和黑木明去宿营,就浑身哆嗦!"

弘子皱着眉头说道。

"不,你等一等!"美马说道。

"怎么,你要我答应黑木明吗?!"

"是的,可能要你答应他。"

"为什么?"弘子转身对美马恶狠狠地问道。名城也瞪着美马。

"是这样的。据花添由美供述,是黑木明开油罐车撞了名城建设公司的汽车的。事故当时,黑木明要是没有晕过去,一定能记住当时情景的。即便不论这些,他也是杀害令尊他们的凶手中的一个。现在他既然要上我们所熟悉的上高地,我们何不趁此机会带他去,然后再采取什么有趣的复仇方式呢?"

美马望着两人说道。三人相视片刻,随即异口同声笑了:真有趣!

这时,有人敲门,是招待员来收拾餐桌。

三人停住话语。此刻,外面热气腾腾,而安有空调的室内却清新凉爽。他们望着窗外，华灯初上，宛若无数宝石撒在黑暗中闪闪发亮。

二

弘子又开了一张为期三个月的五十万元的期票，作为去上高地的一切费用。这是因为他们不愿意为处置黑木明这样一个小人物，而动用"存款"。三个人各自以不同的借口，向公司请了三天假。

出发前，他们又集中在N饭店。

"我们坐七月二十日二十三时'穗高特快'列车出发。我已买到四张一等卧铺票。黑木明的一张，请弘子若无其事地交给他。"美马说道。

"黑木明一定以为是和我单独去旅行而很高兴的。"

"但是你绝不能让他把和你去旅行的事透露给别人。"美马说道。

"这你放心，我已叮嘱他'保守秘密'了。"

"那么，行动呢？"

此刻他们虽然不必担心有人窃听，但谈话时仍然把三颗头凑在一起。

"我们在去上高地途中，要不即不离地跟在弘子旁边。列车在翌日清晨五时二分到达松本，在松本下车后，如能马上租到出租车，大概就能在八时赶到河童桥。之后，在白桦庄或五千尺旅馆吃早饭，饭毕，务必在九时离开那里。渡过河童桥，走穗割新道，从德泽方面上去。穗割新道右则行人多，所以弘子你一定要走人迹罕至的左侧。"

"……"

"过了明神一带，我和名城会向你打招呼的。我们务必要装出是偶然遇见。我会选择在没有旁人时和你们相遇的。我们打了招呼之后，那就要看弘子的了。你一定央求我们带你们一起登山。毫无疑问黑木明会竭力反对和我们结伴，但你要坚持住，非让他跟我们走不可！"

"……"

"为此，我将准备四个人的登山器具。你们和我们结伴以后，我们口头上表示改变攀登计划，去登便于你们初次登山者攀登的岩壁，其实是把黑木明引到北尾根边更为险峻的岩壁。"

美马越来越兴奋地说道。

"我们把黑木明引到岩壁，当他上不着天，下不着地时，拉他一把，而当确认他是凶手中的一人……那时……"

说着，美马嘴边浮现一丝冷笑。不知为什么，名城和弘子对他的冷笑，表现出冷淡神情。

"但是，在上高地千万不能让任何人看出我们是同行。我们必须装出是两组毫无联系的同伴。夏天的上高地的确不便行动。虽然我和名城是登山者，弘子和黑木明是观光者，服饰不一样，还能够给人以不同伙伴的假象，可是也有可能在登岩壁处遇到别的登山者，那样，我们只好推迟最后的行动了！"

美马的行动计划是建立在要干掉黑木明的设想上。当然也有可能不必杀死他，但是大凡在制定计划时，总要考虑到最坏的事态。在干掉黑木明以后，还绝不可留下任何作案痕迹。

三

美马和名城从一等卧铺车车窗看到月台上那些衣衫不整的登山者们匆匆忙忙上下车的情景，不禁苦笑了。两人交谈道：

"像我们这样坐一等软卧车去登山,可谓奇妙的奢侈啊!"

"五年前我们去登山,不是也和窗外那些人一样吗?"

弘子和黑木的卧铺在前面。在火车上,黑木明大概不会干出出轨的事吧!今晚在到达松本之前,可以舒舒服服地睡一觉了。弘子这样想道。

半夜,梶村弘子因感到胸部发闷而醒过来。刚才,在朦朦胧胧中,她听到大月车站、甲府车站的名字。

"到什么地方了?"

她想开口问,可是发不出声来,心中不禁一惊。原来她的嘴唇被什么压住了。

怎么?胸部也被……

"谁?你是谁?"

她想呼叫,叫不出声。一个男人紧紧地压在她身上,嘴唇硬贴着她的嘴唇,滑腻地转来转去,唾液弄湿了她的脸。

是自己失去了警惕性,原以为在列车上安全而放心睡去。她拼命推开压在身上的重物,但那重物紧紧地压着,使她丝毫不能动弹。

重物就是黑木明。

弘子慌了,她的无言使男人越加放肆。

他们睡的是上下铺的床架,和周围隔离开,如同一个单独的屋子。

这里是一等卧铺车厢构造的死角。

嘴被堵住,周围的人们都睡成烂泥,值班的乘务员也没过来查看。

弘子绝望地闭上眼睛。

火车无情地轰隆轰隆向前行驶。就在此时,情况突变:压在她胸上的重物卸去,嘴唇自由了!

"你，你是谁？我要叫乘务员了！"是黑木明的声音。声音发颤，但他强作冷静。

"你大声叫吧！是谁竟敢在列车上明目张胆强奸妇女？"

是一种很怪的声音。弘子似曾听过类似这样的声音，她吃惊地睁开眼睛。一个脸上蒙着黑布的男人，正把寒光闪闪的匕首放在刚才压在她身上的黑木明的脖子上。黑木明脸上充满着恐惧。

"都是饿疯了的野狼，地方有的是，何必在列车上干这样的事？"

那人说道。这声音虽然耳熟，但可能那人口里含着棉花团什么的，使她听不出是谁。

"你究竟要什么？要钱吗？我给！求求你，别胡闹，出去吧！"

黑木明哭着哀求道。

"小看人！说到钱，我可以给你！"

"那么，你要什么？"

"我要你老老实实去睡！"

那人说着，拿出一根好像事先准备好的细绳，把黑木明的两手绑到后面。他的动作十分熟练麻利。

不管他是谁，弘子却是得救了。

"谢谢您救了我！"

"小姐，道谢还早一点吧！"

那男人的眼睛闪出冰冷的光，哈哈笑了起来。弘子差一点叫出他的名字——美马庆一郎。

第六章　岩壁的惨事

一

　　火车在早晨五点零二分准时驶进了松本车站。

　　沐浴在晨曦中的高高金字塔形的常念连峰的巍峨雄姿，映入了登山者们睡眠不足而略为肿胀的眼帘。松本市还在沉睡，而登山者们生气勃勃的一天已经开始。那些登北阿尔卑斯山的人们，从跨线桥向岛岛铁路的站台走去。

　　去上高地的普通路线是：从松本坐火车到达岛岛后，换乘公共汽车沿梓川河逆岛岛谷而上。

　　但是黑木明和梶村弘子在松本要了一部出租汽车。美马和名城也要了一部。

　　这样，他们四人在上午九时，就到达河童桥畔。当然，两组伙伴保持着一定距离。

　　上高地的上空十分晴朗。穗高的残雪比往年多，好像嵌在灰褐色的岩壁上。白云从吊尾根不断地涌上来，倒映在梓川河面上。沿河两岸是杨柳、落叶松和唐桧，郁郁葱葱，十分茂密。

黑木明、弘子乃至多次欣赏过的美马和名城，都被这幅油画般的风景所吸引，不禁失声赞叹！

"什么时候动手呢？"

首先从心驰神往中回到现实的名城低声问美马道。

"是啊！"

美马仿佛躲避晃眼东西似的，把视线从岩壁收回来。

"按照计划，我们现在通过河童桥到达河左岸。与右岸不同，左岸的穗割新路，人迹罕至。在明神下，我们和弘子'偶然相遇。"

"可是黑木明能被牵着走吗？他好像是想把弘子带到帝国饭店去。"

"那要看弘子的本领了。"

"这样说今天就把他带到岩壁？"

"是的。因为气象预报说，从午后开始，天气转阴。那里不会有人，便于行事。"

"动手的具体地点呢？"

"前穗高的东壁，怎么样？"

"可以，走吧。瞧，他们开始上桥了。"

看到弘子引着黑木明往穗割新路走去，他们心中不禁暗自欢喜。两人借助树木的掩护，悄悄尾随弘子和黑木明。当然，在这里，即便让黑木明瞧见了，他们身着登山服也不会引他生疑的。

"该上前和他们打招呼了。"

过了河童桥约走一小时后，美马说道。现在岩峰就在头顶，如再往前走，黑木明恐怕会骂街的。再说，黑木明看到周围没有人，已经对弘子动手动脚了，让他们委实看不下去。

按照计划，这里是他们装作邂逅之处，刚好此刻没有其他游人。

"喂,前面不是梶村小姐吗?"

名城赶上前喊道。

"是名城先生呀,怎么,美马先生也来了!"

弘子的应对十分逼真,令人难以想象这是在演戏。事实上,名城为她解脱了困境,她已无法应付黑木明,从而产生得救之感,有助于她的表演更加自然。

黑木明冷眼望着名城他们。在他看来,他好不容易把心爱的女人带出来,而且只是两个人在一起。现在被突然冒出的这两个男人搅了好事,这女人又对他们表现亲昵,黑木明好不气恼!

"黑木先生,给你介绍一下。这位是我们公司职员美马先生,这位是大和物产的名城先生,他们都是我的好朋友。这位是黑木明先生,是黑木总经理的少爷。"

弘子若无其事地介绍道。美马和名城随即向黑木明低头致意问候,但黑木明仍然满脸不高兴,特别是他知道了美马是父亲公司的下属职员时,态度变得更加傲慢。

"喂,你们两人大概急于赶去爬山吧?请别管我们,先走吧!"

黑木明冷冷地说道。

"黑木先生,您不要介意。他们不会和我们走在一起的,我们和他们还没有那么深的交情呢!"

出乎黑木明的意料,弘子说出这样的话。其实,这是预先编好的台词。

"我们不急于赶路。因为有好长时间没登山了,我们请了假,想攀登前穗或明神的岩壁。"

"登岩壁?太好了!我以前就想登,还在三峠的练习场练过呢?我也能登上去吧?"

弘子眉飞色舞,仿佛真的从心底想攀登一番。

"当然可以登上去。上高地周围有几处专供初学者登山的练习场,我们可以当向导。"

"是吗?那拜托了!怎么样?黑木先生,咱们也去登岩壁吧!他们是东都大学登山队的骨干队员,绝对安全!"

"算了吧!登山是野蛮人的勾当,最没意义。要观赏奇峰绝壁的景色吗?从饭店凭窗远眺更美!喂,你们两个怎么回事?赶快走吧!到你们感兴趣的山、岩石还是什么的地方去吧!别在这里引诱弘子小姐了!"

黑木明越来越不高兴。

"黑木明先生,你真的害怕了?"

弘子仿佛看透他的心事似的嘲笑道。

"胡说!我怕什么?"

"那么,就也去登山吧!"

"可是,我不是来登山的,再说也没有登山器具。"

"登山器具我们有,可以用我们的登山杖,因为那儿几乎没有雪,我们不需要。"

美马说道。

"这玩意儿的使用方法我不知道。"

"可以教您嘛。再说那是专供初学者登山的岩峰,几乎不需要登山杖。"

"黑木先生,您要是不感兴趣,不要勉强了。我一个人和他们去,您在饭店等着我好了。"

弘子甩出最后的一张王牌。她很自信:他会跟着她的。

好不容易钓上手的"鱼",岂能在"食用"之前,拱手让给别的男人。

黑木明睨视着美马和名城，不得不同意与他们同行。

二

前穗高东壁是一座标高三百米的岩壁，它自前穗高岳顶峰上，如同刀劈似地向着东面梓川河倾斜而下，而且岩质疏松脆弱。这样的岩壁，要有三百个小时登山经验的中等以上登山者，才能攀登的。尤其D处，是一块宽大扁平的岩面，中央有一块突出的壁石，十分险恶，完全不能登攀。

他们一行四人，沿穗割新路在新村桥前面向左拐，进入一条通向奥又白的羊肠小道。他们在蜿蜒而上的小道上，走了三个小时，在奥又白的池旁歇息片刻，三人马上催着黑木明开始登山。

这时，眼下的梓川河谷已近黄昏，三人巧妙地把黑木明引到了D处。

弘子和名城身上都系上了保险绳，但不给黑木明系。

"登山这玩意儿容易。"

最初，黑木明强作镇静，充当好汉。可是随着攀登的高度和倾斜度的增加，他害怕了，怕得连话都说不出来了。他之所以能够强抑着恐惧向上爬，是因为当着弘子，不能表现出懦弱。

三人利用黑木明的虚荣心，把他引到D处的凸出岩石上，这里险峻异常，连退路也没有。

"哎呀！"

当黑木明被"赶"到凸岩，俯视有如深渊的梓川河时，再也忍不住地惊叫起来了。他像蜥蜴似地贴在岩石上发出悲鸣！名城和弘子站在一块略为平坦的岩石上，俯视着他。

"你要我救你吗？那就老老实实地回答我的话。"

"你要问我什么？"

黑木明颤抖着声音道。

"有关三年前品川工厂的事故。据说是你开的车撞了名城建设的货车。你要详细交代当时的经过。"

"那和你有什么关系？"

"这你不必问，你只要回答我问的话！"

"我没有可说的。是货车撞了我的车，造成油罐起火爆炸的。"

"说实话！"

"我说的就是实话！"

"不是，你要不说实话，我们自己下到上高地，只把你一个人扔在这里。现在不会有登山者来的。你哭呀，喊呀，即使有人听到，等不到他来，你就会坚持不住，而摔到脚下的白雪溪里去。雪将被你的血染红，那才好看呢！"

"请您救了我吧！我说。哎呀，我的手开始发麻了！"

黑木明大声哭着说，扒在岩石上手脚开始发抖。

"快说！"

美马冰冷的目光，流露出对这一残酷拷问的得意——黑木明想起来了，这不是昨夜的蒙面人吗？他又产生了另一种恐怖，他的身体越发颤抖！

"你，你是昨夜的……"

"你不怕死了吗？！"

美马野蛮的威胁，使黑木明欲言又止。出于网中之鱼的敏感，黑木明看出美马那原本冰冷的目光，此刻充满着杀气。

"我说，我什么都说。求求您别杀死我！"

黑木明绝望地叫着。他的喊声随着风声立即消失在山谷里。这时，浓雾从穗高山谷蒸腾而起，急速向岩壁涌过来。

"谁说要杀你了？我们还要救你呢。把大家都知道的事告诉我们吧！"

美马把黑木明拉到一块稍平的岩石上。

黑木明用颤抖的声音开始叙述了：

"那时我特别想开油罐车。有一天，我去品川工厂看到公司的空油罐车刚好放在那里，就情不自禁地上去开动了……，您可要带我下到上高地去呀！……我可不是撒谎……这样撞到一辆上面装着油罐的货车上，我顿时昏了过去。"

"那么，是你撞上货车了？！"

"是的。我错踩了变速器，从正面撞了货车。当我醒过来时，我已被人拉出车外。黑森正往燃烧着的货车上喷水。"

"喷水？为什么？"

名城俯视着黑木明问。

"是用水龙头，公司有专门的消防车。"

"既然喷水，汽车里的人怎么还被烧死呢？"

"这我不知道。当时汽车里的人还活着，要往外开车门呢！可是黑森对着车门喷水，对方逃不出来！"

名城的脑海里马上闪过消防车灭火的情景。普通消防车一个水压是四十到五十磅。在扑灭高层楼房火灾时，集中四个水压即二百磅压力水，进行喷射。这样高压的水，在灭火同时，却有强大的破坏力。它甚至能冲倒墙壁，喷散瓦砾。当然，人若被它冲击，就非昏迷过去不可。

即便不用这么高的水压，只用七十磅左右的压力水，在近距离内喷向车门，车内的人也休想打开门。如若车内人体弱或已受伤，四十磅压力水喷射着车门，他们也难以打开。由于油料燃烧，浓烟滚滚，车内人定会一氧化碳中毒的——用灭火这种合法手段杀人，太妙了。只要一口咬定当时不知车内有人，受到最严重的处分，也不过是指责为"执行公务不慎，造成他人死亡"而已。

"扑灭油火，为什么用水，而不用化学灭火剂呢？"美马进一步追问道。

"这我不知道。我醒过来之后，又一次昏过去。再苏醒时，已在医院里了。"

"在油罐爆炸时，你是怎么被救出来的？"

"我不知道……真的不知道。当我第一次醒过来时，车和工厂都起火了。我虽神志不清，但感觉出整个工厂都在燃烧。"

"撞车地点在哪里？"

"是第三成套设备钢筋架台附近……我把所有知道的都告诉您了。别的再也不知道了！求求您，放我下去吧！"

黑木明哭着说。

第三成套设备钢筋架台附近的确有爆炸过的 VEA3305PO 油罐，黑木明所说的地点不错。但是黑森为什么要害死父亲和司机石渡，公司又何以能够骗过调查团呢？

名城想到这里时，岩壁回响起美马冷冷的声音。

"这些足够了！"

雾不断从下边往上涌来，名城听出美马的话里充满杀机。

"美马，可不能这样！"这句话还没有从名城口里说出来，浓雾中又响起美马的声音：

"好的，我帮助你下到上高地去。你听我指挥好了。"

"右手抓下面一个岩石孔眼，把胸部紧贴在岩石上，往下看！不是看脚，而是看底下！别怕，快快下，别注意脚！"

名城大吃一惊。美马的指挥完全错误！胸部贴到岩石上，身体就失去平衡，往底下看就会眼晕心慌，黑木这样做无异于找死！尤其这里的岩壁有很多浮石。显然美马存心要害死黑木明。

雾越来越浓,美马仍在"指挥"黑木明。名城和弘子则拴着保险绳,直立在一块岩石上。他们脚下是一座标高一百米,向上露出利齿般岩锋的险峻岩壁,接连着的是波涛翻滚的奥又白的雪溪。

从这里坠落下去,那将会粉身碎骨的。

雾突然变成粉红色,刚才漂浮在山峦间的夕阳,沉坠到浓雾里。

"好的,把脚踩到右边石头上吧。就这样……放开手,重心移过去!"

就在此时,突然响起岩石脱落的声音,随即这声音就被黑木明那逐渐远去的呼救声所代替,后来从底下传来柔软肉体撞击岩石的噗的一声。之后,雾中的山谷回响起小岩片坠落的劈劈啪啪声。

"他完了。"

"完了!"

落石声停下来,四周又变成死一样的寂静。雾中两人短短交谈着。

"其实不该害死他,他又不是故意撞车的。"

"不是我害死他。是他自己不听我指挥,踩到浮石上掉下去的。"

美马冷笑道,笑声使名城毛骨悚然。这不是庆贺复仇成功的笑声,而是以杀人为乐的笑声。梶村弘子因为害怕,久久说不出话来。这时粉红色的雾变成大红色,仿佛是被黑木明的血染成似的……

三

黑木总经理总算利用他所雇用的已取得股东会议资格的小股东的力量，扭转了极其被动的处境。因为在明和化成股东总会上有位大股东提出庞大的欠款有问题而使他的处境十分尴尬。

就在这时，黑木明的尸体在前穗高东壁的D处底下一块岩石上被发现了。

被摔得面目皆非，血肉模糊的尸体，已经腐烂，四周滚爬着蛆虫。

黑木明的衣服已经破碎，露出黏着腐肉的骨头，所有露出的骨头上都麇集着黑麻麻的苍蝇。

可能由于尸体腐烂，恶臭四溢，臭味冲上穗高峰顶，才引人注意，被人发现。

从上高地运回来的黑木明的尸体，放进干冰，等待着他父亲的到来。

在股东总会上已经筋疲力尽的黑木一郎，看到儿子惨不忍睹的尸体时，再也控制不住自己了。

"谁干的？天哪！"

这位大公司总经理大声呼喊道。

因无目击者，黑木明被认为是在登山时发生事故摔死的。

精神已经相当混乱的黑木总经理，怎么也想象不到梶村弘子的请假和黑木明之死有关联，当然，他更不可能设想一个不认识的下层职员美马是杀死他儿子的凶手！

第七章　并列车恐惧症

一

　　大和物产公司入九常务董事的女秘书小柳圭子对新职员名城健作颇感兴趣。

　　名城在大多是脸色苍白的文弱书生的大和物产职员中，可算是一个彪形大汉，但他举止适度，态度温和，无论对上司、同僚，还是对勤杂人员，都彬彬有礼，因而颇得公司上下的好感。其中姿部长对他更为赞赏。在薪水阶层，谁要得到如此高度评价，则往往背地被人说成是"阿谀奉承之辈"，"溜须拍马之徒"，而名城则例外，没有被人冠以这样的"雅号"。

　　由于以上原因，进公司工作一年后，即被委任财务科最重要的工作：编制营业日报。

　　他把自己扮演成一名出色的财务人员。他工作勤奋，早上班，晚下班，以致对他深有好感的姿部长常对部属说："你们要向名城君学习"。

　　但是谁也不知道，名城在"加班"时，偷偷地调查决算报告书上没有写上的不公开账目。

对付巨人需要强有力的武器，而不公开的账目，则是一神武器。披上模范职员——这种称号对他本人毫无意义——侨扮的名城，千方百计想得到这种武器。

圭子和松并学疏远以后，主动接近名城。而名城对她不即不离，既不拒绝，也不积极。

他们纯精神交往持续一年之后，圭子开始用相当意味深长的语言挑逗他了：

"名城，您是怎样处理性欲的呀？"

但是她的挑逗收效甚微：名城只限于和她接吻。即便这样，圭子也是一接近名城就兴奋起来。

名城加入大和物产后的第二年秋，公司按惯例要组织职员们秋季慰问旅行。旅行地点是以盐壶温泉为中心的周围高原地带，目的是欣赏高原的秋色。

这样的旅行，一般公司是租用公共汽车或电车，组织全体职员前往观光地点，而大和物产则让职员们单独前往目的地集合。

于是有乘火车的，有坐公共汽车的，有开自家汽车的，其中还有骑自行车前往的。当然公司预先支付给他们旅费。

这样，虽则是公司组织的集体观光，但又可尝到个人旅行的乐趣，消除掉平时集体工作所积聚的压抑感。

这是一种别出心裁，又十分吸引人的观光旅行。

名城驾驶汽车技术十分出色。他在准许开车的最低年龄时就取得了驾驶证。为便于复仇，他用存款买了一部最高时速可达一百八十公里高性能的皇冠牌日产小客车。

这次去浅间旅行，他当然想开车去，但又觉得一个人旅途寂寞，就邀小柳圭子同行。他原以为小柳一定马上答应，可她却说：

"哎呀，我坐不了汽车，还是坐火车去吧！"

"那么，你就坐火车吧，我还是开车去。"

名城当然不能因为小柳圭子而放弃在国营公路第十七号路上奔驰的机会。他已经有很长时间没在这条公路开过车了。

"我去，我去。我可没说坐汽车就不能去呀！"

圭子慌忙说。好不容易有一个能和名城单独在一起的机会，她舍不得放过。

就在几辆汽车挤着开出熊谷市时，名城发现了圭子的反常现象。她坐在助手位子上，过于紧张地偎依在名城身上，颤抖不止。

名城开车慎重，让后面的许多货车和公共班车超过自己去。这使有些司机还向他投以鄙视的取笑声。出了熊谷以后，柏油道路一下变宽了，所有车辆都高速奔驰起来。

为了弄清刚才小柳奇妙反应的原因，名城看准前后没有巡逻交通的摩托车时，重踩加速器。速度表针一下急速升高，风猛烈吹打着挡风窗，车窗两侧的景物，箭一般地向后方飞去。车速达到了无以复加的程度。

"再快一点！再快一点！"

圭子兴奋地叫道。她完全沉醉在汽车高速奔驰给她带来的一种满足中。

她并不怕开快车！名城又进行另一种试验。他稍稍降低车速，和左侧的一部车并列行驶。就在这时，圭子神情马上变得紧张起来。当车加快速度，离开旁侧那部车时，她又恢复了平静。

这时，另外一部高速车在车右侧驶过，名城立即加快车速，和它并列而驰，圭子神情又变得紧张了。

名城反复地进行了几次这样的试验。

为什么小柳圭子如此害怕并列行驶车呢？名城决定和右侧高速车齐头并进一段时间。

圭子的脸唰地失去血色，上下牙齿开始颤抖起来。她本来偎依在名城身上，此刻由于恐怖，紧紧搂住了他。

被圭子体重压迫着的名城，紧紧护住了方向盘，以免被圭子抓上。但他仍然斜视着圭子的恐怖神情，继续和右侧高速车并驾齐驱。

两辆车都以每小时一百公里的速度向前奔驰。右侧车的司机以一种奇怪的目光瞪着老是缠住自己的名城。

"给我停住！"

终于，圭子发出了悲鸣。

"怎么，这样的速度你就怕了？"

名城故意问道。

"不是。我是说不要和右侧的车并排走。"

"为什么？后面又没有别的车。你为什么怕并排开呢？"

"不为什么，你停下来！快！快！不然我就跳下车了，我怕！"

圭子眼睛睁得大大的，好像眼珠都要飞出来，嘴唇咬得发紫。她浑身如同打摆子似地颤抖着。她的恐怖非同一般。

"你究竟是怎么回事？"

放低速度以后，名城吃惊地问道。圭子还未摆脱恐怖，她气喘吁吁。

"我不，不是怕开快车。我是怕，怕坐并排车。"

"奇怪了，你是怎么搞的？"

汽车开进深谷市，道路变得狭窄而汽车反倒增多。因为须在路口等待绿灯，名城慢开着车和其他几辆车并列进。圭子虽然不像刚才那么怕，但表情依然紧张。

"别问了！总之，我讨厌和别的车并排走。快！我要你快点离开这鬼城市！"

二

"那么，一和别的车并排走，她就怕了？"

美马问。旅行回来以后，三人又在 H 饭店那个房间聚会。

"是呀！我也觉得其中必有缘故。在到达轻井泽之前的途中又试验了几次。只是由于并列行驶的几部车没有很好地'合作'，以至最终未搞清其原因。"

名城回答道。

"小柳圭子不是令堂的间接杀人凶手吗？可以利用'并列车恐惧症'，对她进行一次别出心裁的拷问嘛！"

梶村弘子向美马建议道。她的话使另外两个男人不禁愕然。最近，她的心变得越发冷酷了！

最初山路带着她和名城、美马见面时，她给人一种处女的圣洁感。可在其后一年多时间里，由子和美马发生了关系，她的身上，飘溢着一种撩拨男人的浓郁的气息。她精神方面，变化也是惊人的。既然以复仇——这种人间憎恶的结晶——作为人生奋战目标，那么，她的心也就不知不觉变得冷酷无情了。

"别出心裁的拷问"，一年之前，弘子嘴里至少不会说出这样的话的。

"好主意。名城君，这个星期天，你再邀请小柳圭子去兜风。在第三京滨公路和我的'青鸟'车并列奔驰，直到她屈服为止。"美马同意弘子的残酷的建议了。

他们决定在车辆不多的中午，两部车在东京往横滨的第三条京滨国营公路上并列奔驰。事先在车上安上无线电麦克风和录音装置。

这是一个星期天的下午，许多车都开往郊外，第三条京滨国营公路上汽车骤减。名城的"皇冠"车越过上野毛沿着一条弯弯曲曲小公路行驶，往前就要驶进国营公路。这时一辆旧式日产"青鸟"车追了上来，紧跟它的尾巴，这是美马的车。这部外表陈旧的车，却装上了英国奥斯汀汽车的四个缸的引擎，最高时速可达二百五十公里，可以甩掉任何追踪的巡逻车。

蒙在鼓里的圭子兴高采烈，手舞足蹈。驶过国营公路口，名城从后望镜中看到美马向他招手，是告诉他该开始"拷问"了。

坐在助手座位士的圭子，神色有些紧张了。因为名车快速奔驰起来，美马的车以更快的速度，驶到他们车的右侧。如是其他车，就这样越过去了，但美马的"青鸟"车，却随即紧靠"皇冠"车的右车帮，以致连名城都吓出一身冷汗。他们的车，就这样紧靠着并列奔驰着。

圭子脸色唰地苍白了！名城佯装不知，踩着加速器。

"稍放慢些，让旁边的车过去吧。"

名城听到她的哀求，降低了速度。可是右侧的车也降低了同样的速度，仍然紧贴着并列而驰。

"旁边的车和我们赌气了，你要甩掉它，瞧你的技术了！"

"皇冠"车的时速表针马上升到"120"。这时，要发生事故，双方都非粉身碎骨不可。可是美马仍然死缠着名城。

"停住！停住！求求你，停住啊！"

可是，这次可不比在中仙路那次了。非但不停住，名城反而以更高速度和美马并列风驰电掣。

"皇冠"和"青鸟"两部车紧贴着车体中间的那狭小间隙处,风往上下左右卷去,成了真空空间。

"停住!"

"为什么?"

"不为什么,就是要你停下来!"

"你不说出理由,我不停!"

"没有什么理由!"

"那不可能!你不是一般的害怕!"

"那么,你为什么要知道这原因呢?"

"因为喜欢你。"名城稍稍犹豫后说道。其实,他对圭子毫无感情可言。只是为了调查线索,才接近她的。"要是我的女人得了一种莫名其妙的恐惧症,我当然急知道其理由了!"

"你真的喜欢我?"

圭子的眼睛马上亮了起来。

"喜欢!你告诉我吧!"

"……"

"坐车人怕车速过高,这是常事。可是,你并不怕快车,而是怕和旁边的车并排走,这不奇怪吗?你为什么怕呢?"

"……"

"我是不能和患莫名其妙的恐惧症女人结婚的。"

名城终于甩出最关键的一张牌。

"结婚?!"果然,圭子像一条鱼似地马上扑到香饵上来。"和我结婚?名城先生,你这话当真?"

圭子激动得连声音都变得嘶哑了。

"当然真的!"

"我不相信!"

"信不信由你。但作为求婚者,他有权利知道对方的秘密。

因为他要和她长期一起生活呀！我讨庆那种同床异梦，各怀秘密的夫妻。"

"好的，我说。名城先生爱我这样的女人，我更不能对你隐瞒自己的秘密了。我现在告诉你，当然信不信由你……把车停下来吧。"

圭子终于"垮"了。是屈服于他的"拷问"呢？还是被他那要同她结婚的"鱼饵"引诱的呢？总之，着得出她的确要说出他们所不知道的秘密。

所有这一切对话，都通过无线电传到美马、弘子的耳里，名城仿佛看到美马得意的狞笑。

"在认识你之前，我有一未婚夫。你是知道这一事实而开始和我接触的。他的名字叫松并学……让我干一件事……啊！不能说，无论如何也不能说。"

圭子用双手掩住了脸。

"说出来就轻松了。他让你办什么事？"

"在三年前三月初，一个细雨霏霏的黑夜，松并打电话要我马上开着我的日野车到信浓町高速公路入口处。没等我问为什么，就挂上了电话。我没有办法，只好开车到那里。我看到他开着一辆日产'青鸟'车在那里等着。见到我，他立刻嘱咐我开车和他的车在高速四号公路一起走。当时，我看到他车里助手座位上歪坐着一个酩酊大醉的中年人。"

名城不由心里一紧。那中年男人无疑是美马之父龙彦了。自己终于逼近了美马方面的头号敌人。

"这样，我什么都不知道，就紧跟在他的车后面。松并放慢速度，当我的车在他的右侧时，他要我就这样和他的车并排走。当时，由于是雨中深夜，前后没有其它车辆。

"我们并排驾驶一段后，把车速提高到每小时八十公里。就在竹桥附近转弯处,他把那个醉酒的中年人,放到司机位上后,打开车窗钻到我的车窗里来。因为两车以时速八十公里贴在一起并驰,风从左向右刮,他很容易地从他的车窗钻进我的车窗。接着,他从吓呆了的我手里夺过方向盘,一脚踏上加速器。而那辆'青鸟'车载着中年人,一头撞毁了桥栏杆……哎,就这样他使我不知不觉地成了他杀人的帮凶。"

"这样,你就患了'并列车恐惧症'。"

"是呀!我总觉得他在什么时候会从并列车上钻过来。"

"之后你和松并呢?"

"我疏远了他。我不知道他为什么要害死那中年人,也不想知道。但是,我再也不能容忍和杀人凶手在一起了!"

"……"

"我把这个对谁也不能说的秘密全都告诉你了。来亲我一下。现在就把我带到什么地方去住一晚上,算是新婚旅行吧!"

名城慌忙关上了无线电开关。

"并行拷问"的翌日晚,在 N 饭店那个房间,美马笑嘻嘻地说:

"我已经在话筒里听到你们'热恋'的对话和约会了。"

"现在再也没有办法更改了!"

弘子笑道。

"别胡说了,对我来说是件麻烦事呢!"

名城生气地辩解道。美马见此就避开话题道:

"可是,圭子的话究竟有多少可以相信的呢?"

"她可能为自己涂脂抹粉了,不过,'并行车杀人'这件事可以相信。"

"是呀!可以想象的。两辆车以时速一百公里甚至二百公里并列飞驰，两车之间空隙几乎为零。在转弯处，他把酒醉如烂泥的人放到司机座位上后，可以轻易地从车窗钻到另一车窗内。这样一来，他不必进行诸如搬运、掩埋尸体之类消除罪迹的工作，又能达到难以被人发现的目的。因为死者往往会被人判断为酒后开车发生事故致死的。"

"那么，是他把被害者灌醉的了？"

"但是松并也不能只用一个电话就能让圭子糊里糊涂地卷进杀人案件中，尽管她是他的未婚妻。他们可能有预谋，或许预先在现场进行过并列车换乘的练习呢！"

"如果预先进行并列车练习，那可能还有一个同案犯，即给松并开车的人。"

"不，松并一人可'身兼二职'。只是他为什么要采用这种危险方法呢？他完全可以把酒醉者放到停着的车上，然后将车双悬崖上推下去，这样也能达到伪装酒后开车致死的目的呀。"

名城提出新的疑问。

"这可能出于一个犯罪者变态的虚荣好胜心：既然杀人，何不采取一种前所未有的别出心裁的手段呢？自己用精湛的转弯技巧，甩开离心力，象耍杂技似地从一部车经过车窗钻进另一部车，而高速的汽车载着被害者撞毁桥栏杆，摔得粉身碎骨——这多带劲。一个长期受上司压抑、久居人下、受尽屈辱的职员，其内心恐怕怀着一种巧妙杀人的憧憬。电视《保镖》和《三个武士》[①]之所以受低薪阶层欢迎，正是这个原因。"

"虽是简单推理，但有可能就是这样。不管如何，这不是他心血来潮的作案，而是他们精心策划的一起杀人案件。只不过圭子把自己装扮成受骗者……"

---

① 《保镖》和《三个武士》是两个反映低薪阶层生活的电视连续剧。

"既然可以肯定他们是杀人凶手,那么该清算他们了!请问用什么手段?"

美马庆一郎如同面对猎物的一头豹子,眼里闪烁着一种凶狠的光。

几天以后,大和物产川崎食品工厂松并技师长接到一封信和一盘磁带。他从磁带中听到对话内容,大惊失色。看过信后,惊慌失措的心情,稍稍平静。

信是这样写的:

突然接到陌生人的这封信,您大概会吓一跳的。我是足下过去的恋人小柳圭子的未婚夫。

就像您从磁带录音中所听到的那样,我是偶然得知您犯罪事实的,但我丝毫不想告发您这样一个和我素昧平生的人过去的罪行。只是我为我未婚妻要卷进您罪行的漩满深感不安。为了避免将来有可能发生的一切麻烦,我想和您进行一次心平气和的谈判。请您务必在十一月二十九日(星期天)下午五时前到熊市辩天町四十五号"湖月"饭馆。如果您不来赴约,请恕我将携带此原版磁带去警视厅告发您的罪行。因为我现在没有义务,也没有理由非跟小柳圭子结婚不可。另外,为慎重起见,我须补充一句:我毫无从您处取得金钱、财产或是什么利益的欲望。

第八章 波久礼峡谷的殉情

一

"婚礼就在春天举办！我要邀请各方人士参加，将婚礼办得热热闹闹的。会场就选这个饭店。证婚人，请草香专务担任……"

他们站在位于赤坂的新大谷饭店十七层旋转台上，望着浮沉在西丹泽山顶上的夕阳。小柳圭子心情很激动，她滔滔不绝地说着，眼睛映着夕阳的光辉。

雨后的浮云突然向四方反射夕阳的余晖，染红了天空、山脉、大街。东京人无不为都市的天空竟有如此多娇的夕阳而惊叹！夕阳无限好，只是近黄昏，它毕竟要转瞬即逝的。

"草香专务？你说错了吧？是入九常务？"

名城一直以为圭子属于入九派，因而听到她说请草香当证婚人时，稍感奇怪。名城是为了搞清她和松井的真实关系，出于无奈故意骗她说要和她结婚，圭子却信以为真，表现出一副十足的未婚妻的神情，她要求名城在年内结婚，名城好不容易才劝她改为明年春天。

"谁担任证婚人都可以,不过草香专务比入九常务更有实力,今后许多方面还得请他关照呢。"

圭子解释道。名城不以为然,心中暗笑,因为"结婚"不过是他引圭子上钩的钓饵罢了。

"可是,常务或专务肯为我们这些下级职员效媒妁之劳吗?"

"我求他们,他们会答应的。"圭子信心十足,"但是,为什么非等到明年春天不可呢?我可等不了啦。"

即便是铁石心肠的人,也能理解她话中的含义。在交往中,圭子卖弄风情,竭力挑逗,但名城无动于衷,因此,这对男女的关系还没有达到最高阶段。

非我所爱的女人,我绝不!

——这是名城健作的恋爱观。为此,他现在依然是童贞。以至美马经常挖苦他是"老古董"。

但是,名城今天似乎也不能再忍耐了:

"其实我也想,蜜月未必非在结婚式后不可,在十一月末,我是能请到假的。"

"真的?那我太高兴了。我什么时候都可以请假,你一定带我去,一定!"

圭子马上十分激动地同意了,其实名城所说的话都是美马事先教给他的。

"好了,就这样吧,时间定在十一月二十九日,旅行地点是奥秩父国立公园。其实,秩父入口处的玉县熊谷市是我父亲出生的故乡。小时,我常听父亲说,那里风景优美,但我一次也没去过,所以这次我想带你到那里去度蜜月。噢,开你的日野车去。"

其实,熊谷不是名城而是美马父亲的故乡,上述台词也是美马编造的。名城不过像个拙劣的演员对着圭子背诵一遍罢了。但是,却马上见效了。

"这样值得纪念的事情,只要是两人在一起,去什么地方都一样。"

圭子幽默地说道。她笑得那么甜美,名城却感到不快。

西边天空,夕阳已变得暗淡,东京都城内已经开始闪烁碎金般的灯光。可是这些灯在名城眼里,仿佛是苍茫旷野里的野火。

荒原燃野火,轻烟随风飘,
行人停步望,似觉山也愁。

名城脑海中突然记起很早以前背诵过的,后来几乎连作者是谁都忘记了的这首短歌。

二

熊谷市位于关东平原北端,是奥秩父国立公园入口处。

市中心,一条名叫星川的河流潺潺地流过,"湖月"就背靠着这条河。这里因为离市繁华街道不远,充满着地方都市的气息。

此刻,名城正和松并学坐在"湖月"一间屋子里。松并是一个瘦高身材,獐头鼠目的人。

"圭子爱和谁结婚就和谁结婚吧,我不能干涉了,我们的关系已经告吹了。"

松并似乎因被强迫来到远离东京的熊谷而十分恼火,但对方似乎掌握了自己的致命弱点,他不便发作,也不知用什么态度对付对方才好。

"但是,如果她的话是事实,她就是您的同案犯呀。虽然她不是有意识地参与您的犯罪，可是您指使她开车。使两部车并列而驰，您作案后钻进了她的车。这点，是不容否认的吧，正因为这样，我感到十分为难。"

名城强忍愤怒道。此刻，看到松并因太阳穴下青筋抽动，使他的表情显得更加阴险，名城心中不禁涌起一阵生理性的厌恶感。在名城看来，他是一个最令人唾弃的市侩——为了出人头地，无所不用其极。

"那么，你要对我怎么样？"

松并像螳螂似抬起准备应战的头。

"我要请您说明圭子和这个案件毫无关系。"

"也就是说，您要我说这录音内容是假的。"

"对，这样，对您不也是很'有利'吗？"

"不行，没有必要。本来就没有这个事实，这不过是一个幼稚无知的女人的胡说八道，根本不能说明什么。"

"是吗？那么，您为什么又特地赶到这里呢？这不正是因为别人掌握着您犯罪的证据吗？"

"你这是在和我开玩笑吧？"

松并撅着嘴说道。他牺牲了宝贵的星期天赶到熊谷，是为了试探对面这个叫名城的人究竟掌握着多少有关事件真相的材料。

"可是，如果我以这录音作为证据去告发您，警察是绝不会无动于衷的。据当时报纸报道，您和圭子是那次事故唯一的目击者，实际上，警察把您当作嫌疑犯而拘留起来，只是由于没有掌握关键性的真凭实据，才释放了您。要是请警察再次出动，那对您可是相当不妙的呀！"

名城冷笑道。松并默不作声。看得出来，他对名城相当警惕，他知道名城正在调查这个事故。

"怎么样？比起这麻烦来，您倒不如表个态。这样我们之间就没有任何关系了，我可以把原版录音交给您，您的罪行将永远沉入大海，再也无人知晓。"

名城加重语气，说出这关键的话。此时，松井如果说，那个事件和圭子没有任何关系，那就说明他是害死美马龙彦的主犯。可是，松井仰起苍白的脸，说道：

"是很好的交易呀，不过……"

松井欲言又止，在这关键时候，他不知道该不该说出关键的话。

"我可以告诉您真相……。实际上，换乘汽车的不是我，而是圭子。"

"也就是说，开有被害者车的是圭子了？"

"是的。"

听了松井的话，名城惊讶不已。

"那么，当时是你开日野车，圭子开青鸟车了？"

"是的。录音中圭子的话和事实恰恰相反。那天夜里，我正在睡觉时，她打来电话，把我叫到高速公路，随即莫名其妙地让我开日野车。杀人的主犯是圭子，我是受蒙蔽的。"

"有证据吗？"

"我的话就是证据，你可以去问圭子！"

"是圭子一手制造的，还是谁在幕后指使她的？"

"我不知道，我只是照她的吩咐开日野车罢了。事件后，我被提拔为总工程师，这可能是他们给我的报酬吧。现在，我只要在这个岗位上老老实实地干，圭子幕后的大人物还会提拔我，我终于有了出头之日，希望您不要追究过去的事，放过我吧。而您如今结交上圭子，通过她的门路，也能步步高升，圭子的后台是个大人物呀。"

仿佛看着一个同伙似的，松并的目光闪烁着意味深长的狡黠的光："您是很了解圭子，才接近她的，所以老老实实地接受她的恩赐吧。"

"你和圭子为什么要分手呢？"

"是她疏远我。而我即便现在也不想离开她。"

松并以一种充满恶意的语调对名城说。好像自己的宝物被名城夺去了似的。现在，名城相信这个人不是主犯。

整个屋子一片漆黑。男人打开枕边的无线电话筒。

"对，这样，对您不也是很有利吗？"

从女人枕边发出好像是从遥远的世界传来的名城变了调的声音。

"你是谁？究竟是谁？"

"哈哈，谁都可以嘛。"

男人冷笑着小声说毕，抱住了女人。

"啊！"

女人发出充满惊愕的叫声。这里是"湖月"里面的另一间屋子，屋里关了灯以后，外面的光线泄不进来，成为一个单独的完全的暗室。

这里为名城和圭子准备了初夜的被褥。但是和圭子并枕的并不是名城。从无线电话筒里传出的名城的声音，清楚地告诉圭子，他在另一处空间。

那么，此刻躺在她身边的男人究竟是谁？

对此，圭子已经不多考虑了，她完全沉溺在爱的漩涡……

在这之前不到一个钟头，名城装作有点小事走出密室，随即美马替代了他。为了使圭子不能开灯，他们事先改装了密室的电灯装置。

"拜托了,这里是我父亲出生的地方,好好审问他!"

美马对名城道。名城正往松并等待着的房间走去。

"你才要好好干呢!"名城对美马笑嘻嘻地说道,"我把女人托付给你了,你可不要有辱我这个'赶马车的'的绰号呀!"

黑暗中,美马心中卷起愤怒的狂风暴雨:是这个女人杀死了自己的父亲!他用手卡住她纤细的脖子,女人在呻吟中断了气……

"……杀人的主犯是圭子,我是受蒙蔽的。"

这时,话筒里传来松并的声音。

"糟了,还能够从这个女人嘴里得到重要的线索呢!"

美马在惊愕中松开手,但已经晚了,做人工呼吸也无济于事。黑幕已拉开,但美马自己又给闭上了。黑暗中,美马牙齿咬得咯咯响。

三

荒川河发源于奥秩父的深山,由秩父盆地流入关东平原。波久礼峡谷屹立在秩父盆地,宛如荒川河流入关东平原的门户。它两侧是悬崖绝壁,从秩父到熊谷狭窄的电气铁路和县公路,弯弯曲曲地盘旋在悬壁的半山腰中。

从傍晚开始下的雨,随着夜色加浓越来越大。

清晨三时,在滂沱大雨中,两辆汽车由熊谷方向住寄居町奔驰。它们以同样的速度穿过寂静的小镇,向波久礼峡谷驰去。

在大雨的深夜中,山区公路土几乎没有别的汽车。偶尔对面有来车,在狭小的路面上,这两部汽车既不鸣笛,也不转换车灯,巧妙地高速地和对面的车擦身而过。这两辆车,一辆是旧式青鸟牌车,一辆是日野牌车。

"喂，别开得太快了！要是被警察撞见拘留就坏了！"

开后面一部车的名城用无线电话筒向开前面一部车的美马呼叫道。美马车的后箱里装着圭子的尸体，而他旁边的助手席上坐着松井。松井被灌了混有安眠药的啤酒，迷迷糊糊地歪着脑袋。

"黑夜里，又下这么大的雨，不用担心警察……不过，快到目的地了，是要注意安全行车。"

美马回答道。身旁的松井微微动弹了一下。

"我想起来了，就在前面，马上就到……对了，名城，赶快把汽车牌照换上。"

美马叫道。

"好的。"

名城按了一下计程表旁边的按钮，青鸟车前后的车牌像录音机的磁带似地转起来，原来看不见的假牌照自动地代替了真牌照。

这是他们事先用重金托无照秘密营业的修理店安装的特殊装置。这个外表破旧的青鸟牌车，安装有英国奥斯汀四气缸发动机，因此，从静止到发动并开出 400 米外，仅需十三点三秒，时速可达二百五十公里，它能一下子甩开尾追的任何高速巡逻车。

这样的车即使被人撞见，也无妨。因为牌号是假的。

两辆车通过波久礼峡谷，到野上町，又返回波久礼峡谷。

雨越下越大。夜色中，也可看到 80 米深的绝壁下面荒川河白色的急流啮咬着岩石。已经看不到对面秩父悬壁上人家的灯光了。秩父铁路上最后一列火车已经通过。

"到了。"。

"动手吗？"

雨中，两人停住车，低声道。弘子坐在青身车的后座上，缩着身体。

"注意定时货车。"

名城说道。

"不必担心。你瞧，这里是转弯的最凹处。在两公里以外，我们就可以看到它们的车前灯。再说，正下着雨，司机即使看见我们，也看不清我们在干什么呢！"

日野车内传来打哈欠声。

"喂，'客人'就要醒了，快动手！"

美马从青鸟牌车后厢内取出汽油桶。

"喂，美马，帮一下忙，这女人真沉。"

名城从日野车后厢抱起圭子的尸体，说道。圭子手脚已经僵硬，幸亏是黑夜，所以看不见扼死者皮肤上所常有的死斑。

"果然很重。"

美马插上手，若无其事地说道。

他们把圭子的尸体放在日野车司机座上，她的旁边，松并依然歪着头，睡眼惺忪。

"好了，该进行最后一道'工序'了。"

美马用手把被雨琳湿的头发拢到后面。

定时货车在秩父铁路跨线桥上轰隆隆驰过，但没有一辆汽车通过。

松并学就像在黎明时分睡意蒙眬似的，似醒非醒。身座上不知什么时候坐上了小柳圭子，美马和名城在他眼前晃来晃去，但是松并无法判断他们为什么在这里，他也不想道。

他感到浑身有一种要把什么都抛弃的倦怠感。虽然这样，他还是觉得渐渐地清醒了。

——现在，几点钟了？

松并看了表,三点三十分,但他不知道这是现实的时间,还是梦中的时间,他只是感到口渴。

"给我水!"

他向走近车窗的美马叫道。

美马笑道:

"要水吗?这里有。"

瞬间,一种漂荡着异臭的透明液体劈头盖脸地从他头顶泼下来。当松并意识到这是汽油时,他完全清醒了。就在这时,日野车后部就像被什么动力猛撞一下似的,滑到悬崖边上。当刚清醒的松并看到深渊下面翻滚着浪花的急流,脑海里闪过危险念头的刹那间,汽车已被抛到空间,以任何力量都无法使之停住的加速度往八十米的花岗石岩深渊下滚去。

就在这之前,日野车刚要离开地面,美马突然喊道:

"喂,忘点火了!"

名域马上把松并的打火机点上火,扔进日野车车窗内。

瞬间,日野车变成一团火球,在爆炸和冲击的合奏声中,抛到地狱似的深渊。

"多么壮观的场面呀!"

美马眯着眼睛说道。

在落雨中的闪光和火花,着实壮观,令人难以想象汽车中有两个人的尚体在燃烧。

"回去吧。"

名城悲怆地低声道。这火焰再好看,和昔日与美马登北阿尔卑斯山所眺望的夕阳光辉也无法相提并论呀。它们是不同性质的美。

名城心中不禁涌上空洞的虚无感。黎明即将来临,他不愿意在这风雨交加的峡谷多待片刻,急速驱车离去。

当晚报纸报道：一个男人被女人抛弃以后，强迫女方一起自杀。

第九章 梅毒病病毒

一

大和物产公司财务部部长姿英策的住宅位于中野上町的高处,是一座庭院宽广、造型典雅又便于眺望的二层楼建筑。

由于工作卖力,为人诚恳,名城健作在参加工作后的第二年就得到姿英策的格外信任,有时还被请到他家去玩。

姿英策与妻子有个名叫理沙子的女儿。由于妻子年轻时患恶性肿瘤摘除了子宫,因而理沙子成了姿夫妇唯一的女儿。

在公司里被称为"魔鬼部长"的姿英策,视理沙子为掌上明珠,十分珍爱。

"我惨淡经营二十五年所得到的荣誉、地位和财产都是理沙子的,理沙子是我人生的一切!"

在姿家闲谈中,姿英策对下级讲话时也流露出对女儿无限钟爱之情。此刻,这个舐犊情深的父亲,令人难以看出他是大和物产的顶梁柱之一,是产业界一个诡计多端、心狠手辣的人。

理沙子虽然不算太美,但嵌在那健康圆脸上的大眼睛清澈明亮,闪烁着聪颖的光辉,她身体曲线清晰,乳峰高耸,樱桃小口嫣然一笑时非常动人。

名城初次在姿家被介绍与理沙子见面时,不由得感到心里补通扑通直跳,不能自持。

"我叫理沙子,请多关照。"

她有礼貌地自我介绍道。名城茫然地不知所措。他还没有见过聪颖和魅力如此和谐地统一在一起的女人。

理沙子含情脉脉地望着名城。这使名城想起了在去年一个秋雨之夜被他们杀死的那个女人小柳圭子。

名城在姿英策家,之所以有请必到,是因为急于想见到理沙子。

二月末,吹过街道的风还不能使行人感受到一点春天的气息,一个星期天的晚上,好久没有露面的山路四郎出席了饭店的例行聚会。

他们已经干掉了三个仇人:黑木明、小柳圭子和松并学。下一个目标是黑森进和花添由美。今天的议题是讨论如何收拾这两个人。

"你们知道吗?黑木的长子正武就要和姿的女儿结婚了。"

山路四郎带来这个意外的情报。

"怎么?真的吗?"

三人异口同声迪问道。

"是策略性的婚姻。据我调查,油罐爆炸事件并非没有给明和化成公司带来影响。事件过后该公司一蹶不振,江河日下,几乎无利益可言。尽管如此,还必须按一成分红,年底付给股东们二十亿元的利息。"

"这和他们的婚事有什么联系?"

"目前，对石油化工产品的需要量日益增加，可是由于种种原因，其价格却在不断下降。尤其最近，美国大量的聚乙烯、丙烯腈产品流入日本，而且价格十分低廉，在这种情况下，原计划大量生产聚乙烯的明和化成遭到沉重打击。为了扭转局面，它向大和物产借款。大和物产为什么能借给明和化成数目如此庞大以至银行都甘拜下风的款额呢？这一点尚待调查。对于明和，大和是它的救世主，它希望和大和建立更加密切的关系。"

"也就是说，这是黑木总经理想娶大和物产创始人首任总经理的外孙女，财务部长的女儿为儿媳的原因了。"

美马说道。

"是的。在黑木看来，贷主与其说是大和物产，不如说是姿财务部长。这个财务部长，不仅是部长，而且是中冈总经理的姐夫，是大和物产潜在的实力派。"

"但是，对于姿来说，他未必非把女儿嫁到黑木家不可呀。"

名城说道。对此，另外两个人也同样不理解。

"是啊，这是令人难以理解的。姿可能出于这种打算：明和化成公司虽有所衰落，但毕竟是国内一流公司。况且，黑木的长子，比起在穗高摔死的小儿子有出息得多。把女儿嫁给黑木的长子，姿就能加强对明和化成的影响，从而进一步巩固自己在大和物产的地位。这样一来，既能满足自己事业上的需要，又能使女儿得到幸福，可算是两全其美的婚事。"

"那么，如果破坏了他们的婚事，说不定会导致两家公司关系的疏远甚至破裂了！"

美马入神地说道。

"不，比起没结婚来，倒不如让他们结了婚再加以破坏，效果更佳。"名城说道。

"可是，凭我们的力量能做到吗？"一直没说话的弘子问。

"说不定能做到。"名城答道,"你们知道螺旋体病毒吗?"

名城答非所问,令三个人感到莫名其妙。

"是梅毒病毒。其传染途径是性交,但通过接吻、抚摸、餐具和衣服也能传染。染上此病后,两三个星期左右,感染部位就爱生病变,如不及时治疗,在三至十年间,病菌将遍布全身,侵犯大脑、内脏和骨髓。并且,这种病毒最易侵袭人的神经和大脑。患病初期没有什么痛苦,待到发觉时,病已深入体内,十分可怕。

"战后,由于普遍应用青霉素,这种病曾一度销声匿迹,可是最近一两年来,由于地下卖淫活动和在越南胡作非为来日休假的美军的传播,又在各地出现了。而且,由于长期使用青霉素,梅毒病毒已产生抗药性,以致非大量使用抗生素就不能治好。这种病毒若进到孕妇的血液,那么,将来生出的孩子不是脑性麻痹儿,就是低能儿。"

一直倾听的三个人终于明白了名城要说什么。

"夫妇之中,一方患了梅毒,配偶必然被传染上。这是被最可相信的人传染上的。所以,对于夫妇来说,一旦染上这种病,那不仅要断绝关系或隔离,而且丧失了作为丈夫或妻子的资格。要是夫妇一方把这病传给了其家族中从未有过这种病史的另一方的家庭,其结果呢?不仅夫妇就是亲家之间的关系也将遭到根本的破坏。尽管这种病经过精心治疗,也能治愈。"

名城语气平静,但眼光却充满悲怆。

"好,你是说把这种病作为结婚礼物送给黑木家吧。太妙了!"美马的眼睛闪动着狡黠的光。"那么,谁送呢?我们四个人都不是这种病的患者,再说和黑木家与姿家又没来住。"

"我有门路,但我没有这种病毒。"

名城咬着嘴唇,低头说道。他想起上星期天晚上从姿家回来途中所发生的事。

理沙子拜弹筝世家宫城为师学筝,并起了艺名。那天是她的生日,当晚,姿家举行大型庆祝会,招待她学筝的伙伴、同学和朋友。他们都是上流家庭的子女。在这些青年人说说笑笑的喧嚣声中,名城深感孤独。内心燃烧着复仇之火的名城,和这些衣着华丽、谈吐高雅的人们格格不入。所以他在宴会中途就退席走出姿家。

在中野车站前,他觉得后面有人呼唤,回头一看,是身裹长袖和服的理沙子。理沙子跑到他跟前,气喘吁吁地说道:

"名城先生,您太过分了,您为什么一个人中途退席?"

灯光下,理沙子大大的眼睛里充满着怨恨。

"对不起,我想起一件急事。"

"你撒谎!肯定是撒谎!"

"不,不,是真的。"

名城十分尴尬地说。理沙子在众多的客人中很快地发现他离开会场,而且抛下客人们来追他。她对自己能有这种好意,名城没有想到。

"名城先生,您要不告诉我为什么中途退席,我就站在这里不走了!"

"哎呀,那我可就没办法了!"

名城感到无可奈何了。今晚的庆祝会上,人们对理沙子,如同众星捧月。那种场面,令名城不可忍受。但这又怎么能说出口呢?

"名城先生不在场,生日庆祝会对我来说就变得索然无味了。请您回去吧!"

"怎么?我不在场……"

没想到理沙子说出对自己这样情深意切的话,名城感动得说不出话来。因为他从没想到自己会在理沙子心中占有位置。

理沙子为说漏了嘴,流露出对名城的眷恋之情而感到难为情了。

"我不在场,这是什么意思?"

名城笨拙地问道。理沙子满脸通红,她含情脉脉地望着名城,随即一字一字地说道:

"因为我喜欢名城先生。"

名诚茫然不知所措,他的心充满着喜悦。

理沙子正是他所喜欢的那种类型的女性。但是,他的处境不容他对她产生奢望,他只能抑制自己的感情。

此刻,理沙子偎依在他身旁,向他表白爱的感情。她那形状优美的小嘴唇,宛如一朵红花,在他眼前抖动。他顾不得身边有人走过,抱住理沙子柔软的身体,理沙子极为主动地张开芳唇,名城和理沙子在黑暗中久久地抱在一起。

要在理沙子的身体上植上梅毒病毒——名城对自己这恶魔般的念头感到不寒而栗。他为自己如此执着地追求复仇也感到可悲了。

可是,不知不觉间,他又觉得烧死自己父亲的石油在心中熊熊地燃烧起来。

"问题是如何把梅毒传到她体内。"名城默默道。这时,不知为什么,梶村弘子若有所思地点了点头。

二

"什么?想人为地把梅毒传到自己体内?小姐,您是疯了吧?"

秃顶的老医生惊讶地瞪着这位年轻漂亮的姑娘。她衣冠整洁，彬彬有礼，用清澈的眼睛望着医生。本来这样充满健康美的姑娘出现在偏僻的性病医院门诊室里就令人难以理解，更何况她又提出一个极不合情理的要求。女人实在是一种奇怪的动物呀！老医生对她荒唐的要求哭笑不得。

实际上，把梅毒病毒人为地传播到健康的人体里是极为简单的事。从患者身上取下病毒，擦到健康人的伤口里就可以了。这种凶猛的病毒能够从人眼看不见的小伤口侵入人体。如果剪刀或针沾有梅毒病毒，当剪指甲和针灸时，就有可能被染上此病。还有因为吸过病人吸的烟蒂或和患者拥抱而被传染上的。

"医院是治病的场所，而不是'植病'的地方，小姐，你还是去一下精神病院吧。下一位患者！"

"这里不行。"弘子颓丧地走出门诊室。这时一个模样像是打短工的年轻人从她身边走进门诊室。

弘子从早上开始已经去过好几个大都位于市内偏僻地点的私人性病医院，但是所有的医生都无一例外地回答她：去精神病医院吧。

当然，想传染上梅毒，有最简单的方法：那就是和男性患者性交。可是，虽然目前这种病患者人数有增加的趋势，但并非比比皆是。因此，她必须和不特定的多数男人发生肉体关系。如果实在从医院染不上这种病，弘子不得已只好采用实际与娼妓相同的作法。

弘子是爱清洁的人，想到要和梅毒患者发生肉体关系，她浑身直起鸡皮疙瘩。

但是，弘子接连被几名医生严厉拒绝后，已经对医院失望了。黑木长子和姿家小姐的婚期已近，她心急如焚。弘子最后难过地决定今晚去旧赤线的新宿三光町"拉客"。

就在这时，她听到从门诊室内传来医生严厉的声音：

"为什么不早来检查？瞧，全身都已经起了铜红色的小水泡了，口腔也糜烂，虽然没有做心电图，但估计心脏也出了问题。"

"大夫，是梅毒吗？"

那个刚才进来的打短工模样的人在问。

"百分之百的梅毒。已经是二期了，从症状看，得这个病已有相当长时间，目前正是发作时期，切不可等闲视之，否则将危及生命。另外，切忌性交，最近如有和你发生过关系的女人，请速将她带来检查。"

弘子站在光线昏暗的患者等候室，出神地听着医生对患者的劝告。

"小姐，您真的愿意？"

在市中心一流饭店的一个房间里，打短工的梅毒患者胆怯地问躺在双人床上的弘子。

弘子默默地点了点头，那人立刻露出天生的无耻相。

"真合算，嘿嘿。"

他笑着，急不可待地脱下尽是污垢的衣服。

刚才，弘子站在医院门口，等到那个男人从门诊室走出来时，叫住了他。突然被这样陌生的漂亮女人叫住，并且被带到平日站在门口脚都会发颤的豪华饭店，那人惶惶然不知所措。后来被带到房间里，只有他们男女两人时，他才明白这个女人的用意，于是马上表现出其下流无耻的本来面目。

对于他来说，无须知道这个女人为什么选择他，反正，这是飞来的艳福，是癞蛤蟆吃上了天鹅肉。他流下了口水。

"快！"

弘子闭着眼睛喊道。她的目的是采集梅毒病毒，不需要其他什么。

……

泪从弘子眼里流到脸颊,浸湿了枕巾。完全隔音的房间像海一样寂静。

三

三月八日:性交后一星期。阴道内感觉发硬,并有黏液状分泌物流出,但不疼也不痒。毫无疑问是初期梅毒所引起的硬节。果然,那个男人的梅毒病毒十分凶猛。

三月三十日:已过一个月,淋巴结肿大,每晚苦于失眠。

四月三十日:已过两个月,腹部右侧出现手茧大小的玫瑰色水泡——梅毒性蔷薇疹。梅毒已进入第二期。

五月一日:黑木正武和姿理沙子正式宣布订婚,结婚仪式订于今年十月一日。该把梅毒"移植"给名城了。

最近可能因为梅毒病的缘故,食欲不振。

五月五日:我爱名城健作。梅毒病虽然正侵蚀我的肉体,但我清楚地认识内心的爱。我虽然心不由主地两次把肉体给了美马,但我内心还保留着对名城纯洁的爱。在复仇这一人类憎恨感的最浓缩的结晶中,名城健作仍不失一抹同情心。我之所以两次违心地同意了美马的强求,乃是出于报答他协助复仇的心理。但是,对于名城,我愿意贡献给他自己强烈跳动的心和肉体,贡献给他我所有的一切。我正是为了他才采集梅毒病毒的,哪怕毁了自己的健康,也在所不惜。

夕阳从窗外照进来,梶村弘子放下笔。她自己也不明白为什么如此强烈地爱名城健作。她意识到对他的爱始于美马在前穗高东壁把黑木明害死的时候。

"你大可不必把他杀死呀!"当时名城责备美马道。他眼睛中的确充满着无法言喻的悲哀,脸上浮现一种令弘子感到是男人所特有的寂寞。他给她倒着安全绳。

和美马毫不留情的冷酷相比,名城在复仇时仍不失去一个人的同情心,这一点深深吸引着弘子。

弘子从椅子上站起来,她就要去会所爱的人。

初夏随着"黄金之周"① 翩翩来到。五月五日是男孩节,东京傍晚的天空中飘荡着鲤鱼幡,外出游乐的家家户户匆匆地赶着回家。

坐在出租汽车里的弘子望着窗外,沉浸在一种美好的遐想之中:和名城结婚,生儿育女,也像车外的人们一样,全家人高高兴兴地出去游玩。还在郊外树林和麦田旁自己小小的家中,在吹进充满泥土、草木气息的厨房里,为在工厂工作的名城和上学的孩子们忙碌地准备晚饭——这平凡单调而又充满细微幸福的生活,难道对女人来说不是至高无上的吗?

"客人,到 O 饭店了。"

司机回头呼唤道,弘子从梦中醒来。

她今天是为了举行"仪式",订了 O 饭店一个每晚住宿费高达 5 万元的最高级房间。当然,所有费用都用以黑木名义开的期票支付。

"我姓名城。我丈夫还没有到吗?"

她在柜台取钥匙时间服务员道。事实上她想赶在名城前来到。她是以有紧急事需要商量为借口邀请名城的。当名城来到这连"聚会"时也不敢用的如此豪华的房间,一定会大吃一惊

---

① 黄金之周:日本休息日最多的星期。

的。虽然，他们的活动经费充足，但也需避免不必要的浪费，因为战斗还不知道到什么时候才能结束呢。

招待员引弘子来到饭店最高层的一个房间。据说，这是除国宾以外平时很少有人租用的极其豪华的房间。推开厚厚的乳白色玻璃门，又是一道金光灿灿的门。这第二道门里面是客厅，客厅两侧是富丽堂皇的双人房间。房内，所有地面都铺着绯红色的厚厚地毯，摆放得十分合理的家具和日用品非常考究，无可挑剔。

但是，见到如此场面，弘子内心反而感到空虚起来。这是竭尽人间豪华的最高级饭店的最高级房间，而对自己来说，所需只不过一席之地，就像有满桌的山珍海味，而享用者所需的只不过是填满胃的那部分一样。

置身于这物质的豪华中，会突然觉得人类欲望的虚无缥缈。

"怎么用这么豪华的房间？"名城满脸惊奇地走了进来。后来他喝了些冷饮，心情才略为平静。

"又有什么急事啊？你突然把我叫到这里，我心里可紧张了。"

名城说道。听得出来，他能见到弘子，心情十分兴奋。他喜欢这个被他认为是纯洁象征的弘子。当然，这仅仅是对异性的一种好感，不是对理沙子那样的爱。

"对不起，突然把你叫来。"

"不过没关系。我刚好今天没有别的安排。可是，用这样的房间，究竟……"

"这……"

弘子吞吞吐吐。一个年轻女性把一个年轻男性单独请到饭店的客房，目的是不言而喻的，但名城竟没意识到。他真是美马所说的"老古董"。

"得到病毒了吗？"

弘子稍犹豫后问道。

"病毒？不，还没有，怎么？"

意外地被问到想不到的问题，名城不禁一愣。

"黑木他们的婚礼是在十月份，要不赶快办，怕来不及吧。"

弘子说道，其口气宛如买东西。

"是啊，我知道。从感染到出现症状，其潜伏期是三个星期，所以，务必在他们结婚前三星期内接触理沙子，接触期过早，在结婚仪式前发病，她会马上治疗的。最好让她在新婚旅行期间发病，其效果最佳。接触一次就够了，她要不同意，哪怕采取强迫手段我也得达到目的。因而，我必须染上接触一次足以使对方感染的相当厉害的梅毒，至少是一期末二期初的。"

"可是，要想患上二期末的梅毒，即使从现在染上病毒，也要将近三个月的时间。他们的婚礼在十月，因而现在时间十分紧迫了。"

在饭店的密室里，一对男女正在认真地谈论这个看来极端荒谬的话题。不知不觉间，复仇的执念使他们变成这样野蛮。

"但是，我是无能为力的呀，因为要想染上这种病，首先必须和不干净的女人发生关系。"

名城诉说他无法物色到女患者。弘子意识不到，名城此时处于一种极端的矛盾中：他爱理沙子，但为了复仇，要让她染上梅毒。为了让理沙子染上梅毒，他甚至要采用强迫的手段呢！

这是由他童贞的洁癖感、对理沙子的爱慕和复仇心三种心理所产生的矛盾。

"要说梅毒病毒，我有。"弘子若无其事地说道，"我已经弄到了。"

名城眨着眼睛，他不知弘子话的意思。

"你瞧。"

她脱下淡蓝色西服,解开衬裙,将侧腹袒露在名城眼前。

雪白的皮肤上散布着玫瑰色的水泡,显得那么鲜艳,令人难以想象这是梅毒的病状。

"你,你怎么……"

事出突然,名城连话都说不利索了。

"我是为了你,为了你而故意染上的,你接受吗?至少……"

她的话变成了呜咽,她是想说,这至少是表示我的爱情啊。多么可悲,因为自己要用这种形式来进行爱的告白。

"弘子!"

名城感到强烈的激动。弘子为了自己,竟染上这可怕的梅毒病。

她那雪白的皮肤上出现的玫瑰色水泡可以说明她付出了多大的牺牲。

"好,那我就接受。"

"名城!"

两个人紧紧抱着,嘴唇贴在一起。他们就这样静静地走到床边。

躺下之前,两个人好像为了又一次确认对方的存在,热烈地接吻……

梅毒病毒成了他们爱的媒介。

第十章 爱的可悲结晶

一

梶村弘子把梅毒病"传递"给名城健作后,马上进行治疗。她每天注射一次六十万单位的青霉素。

果然,青霉素的药效很好,注射后十天左右,头疼减轻,食欲增加。

可是又过了二十天,她发现她的身体产生了显然不是因梅毒而引起的症状。

"梶村,去吃饭吧!"

这天中午,花添由美叫她一起去吃午饭。在总经理没有委托办理特别事务时,她们通常一起去公司职员食堂用午餐。

"对不起了,你自己去吧!我今天不去了。"

"怎么了?"

"我实在不想吃!"

"是呀,瞧你的脸色可不好,要注意身体。那么,我先走了。"

由美洒脱地从座位上站起身。由美走了以后，弘子才想起今天下午，她必须陪总经理外出，可是连早饭也没吃。

要是现在不吃点什么，下午可受不了。这样一想，毫无食欲的她站了起来。可是，一想到公司职员食堂的饭菜，她就感到恶心。

弘子走进附近一家饭店的餐厅。虽然这里的高级饭菜未必能够激起她的食欲，但至少比公司职员食堂好得多。她要了一盘奶酪鸡蛋卷沙拉外加一杯柠檬苏打水。当这些食物摆在她面前，闻到那气味时，她马上感到要呕吐，喉咙里一股酸水直往上涌。这是近来常发生的症状。她急忙用手帕掩住口，离开座位。招待员奇怪地歪着头看着她。

她在盥洗室里呕吐了。说是呕吐，由于从早上到现在什么也没吃，胃中空空如也，只是吐出点黄水来。

从盥洗室出来，弘子再不回饭桌，径向收款处付了钱，走出饭店。出了店门，她无意中看到了架空桥对面妇产医院门前挂的牌子。

一种强烈的不安，突然撞击着她的心。

她立刻走向人行道，站住了，从手提包里拿出笔记本来。笔记本里记着她上个月来例假的日期。

因为午休时间已结束，人行道上急促赶回各自办公室的职员和女事务员增多。弘子毫不介意，站在那里，紧张地翻着笔记本。

（今天是第四十四天了，例假从来没有这么晚过。）

笔记本无情地告诉她，这个月例假应来日期早已过去。弘子每月例假很有规律，其周期不是二十九天就是三十天。可是这个月竟晚了两个星期。这次例假拖期，之所以未引起注意，是因为她未曾经历过。

"难道这是妊娠反应吗?"

弘子情不自禁脱口低声自语道。尽管听不出她讲什么,但行人还是回过头望望她。他们一定以为弘子精神有点反常。

虽然下午上班时间已到,但弘子不顾迟到,走进旁边的一家书店,在那里她买了两三本医书后,走进新东京大楼女子化妆室。

在化妆室,她打开医书,翻到有关妇科部分。书里写着有关妊娠初期的症状:

(1) 月经停止

(2) 胃不正常(恶心、呕吐、嗜好改变)

(3) 排尿次数增多

(4) 轻度畏冷

这一条一条的症状,现在在弘子身上都有表现。

书里还介绍了有关排卵和受精的常识。

妇女排卵一般是在下次预定月经前一天向上数第十二天至第十六天之间的五天。更多的是在第十三天前后。

弘子想起她和名城"传递"的日期是五月五日。她上次月经开始的时间是四月十八日,所以这个月月经开始时间应是两个星期前的五月十八日,而五月五日正是五月十八日前第十三天。一定是那天,名城的精子和弘子的卵子结合在一起了。要是平常,弘子一定很高兴,可是如今有了孩子,怎么进行复仇?仇的大半还没有报呢!

现在不是能和心爱男人建立美满家庭、生儿育女的时候。但可能出于女性的生理,当知道自己身上可能偶然孕育自己心爱男人的种子时,弘子是希望他能发育成长的。

"我想把他生下来!"

弘子轻轻按着下腹。这里面有姓名城的胎儿。仅仅一次结合，想不到就在自己身体内部有了结晶。我一定要孕育他！

可是就在这时候，弘子突然想到一件事，她不禁愕然，竟然站立不稳，险些摔倒。

他们的肉体结合究竟为了什么？难道不是为了把一种可怕的病毒间接地"传递"给黑木家吗？因而他们的精子和卵子无疑已被这种病毒所污染。弘子再往下看医书。

"先天性梅毒，指胎儿在子宫内就感染上梅毒而言。通常这种情况是母体血液中的梅毒病毒通过胎盘传染给胎儿的，在子宫内染上梅毒的胎儿，大都在长到五到七个月时早产而亡。即便预期生下来，也在出生时或出生后两个月内，皮肤、黏膜和内脏出现梅毒症状……"

弘子读不下去了。

虽然她现在注射了青霉素，症状已经大大减轻，但通过"传递"而受胎的当时，恰是自己身上梅毒病毒最为活跃的第二期。

她腹内作为他们爱的纪念品的这个胎儿，确确实实受到了梅毒的侵蚀了。

弘子呆呆地站在人行道上，竟然忘记黑木总经理外出时间已经到了。

"没错，已经两个月了！"

医生经过仔细妇科检查，无情宣布道。

躺在内诊台上的弘子，急忙改变那不体面的姿势，穿好衣服后，犹犹豫豫地告诉医生要做刮宫流产手术。

这里是位于世田谷后的一家很小的妇产医院，门上挂着一块不引人注意的牌子，牌子上写着若不仔细看就会看不清的几个黑字："优生保护法指定医"。

这里的设备不齐全。弘子是抱着流尽胎血静静死去的自暴自弃心理，故意选择这样一所谁也不屑一顾的小妇产医院的。这里的医生其貌不扬，头骨扁长，眉毛稀少，尖下巴，看不出医术如何。

"要刮宫，那就在这张纸上盖上你和配偶的图章，以表示同意。一定要两人的图章。当然如果不方便的话，也可不用真名。"是因为习惯了，还是为了避免患者产生不必要的担心，医生用一种干脆简单的语调说道。

但是，这对弘子当然是求之不得的。谁都知道人工流产对母体健康不利，一般情况下，医生出于良心是要劝告申请者不要动手术的。

"只要采取万无一失的措施，一两次人工流产对母体不会有什么影响的。当然作为医生，对人工流产是不能持鼓励态度的。"医生对她说道。

手术从第二天的十点钟开始。弘子托人刻一个"配偶者"的简单图章，写了一份所谓配偶者的同意书。医生简单地接受了同意书，把弘子带进了手术室……

二

梶村弘子梦见自己好像站在高山之巅，一块由黑色岩石和白色沙砾堆成的小台地上。秋天，万里晴空，风吹动着爬地松的枝蔓，沙沙作响。

她不知道这里是什么山顶，只觉得周围荒芜不堪，但空气清新。周围群山，尽在眼下，手一伸就可触到这些山峰。可见她所处的位置相当高。

秋色浓重的群山，残雪都已溶尽。风雨侵蚀的岩石表层，褶皱不平，如同恐龙的骨头。

她站在山顶上，打开随身带来的一个小壶的盖子。壶里装着闪烁着淡蓝色光的人骨。她不辞辛苦，远道而来，就是为了把这些骨头撒在这山顶上的。

弘子左手拿着壶，右手抓起骨头，象撒豆般地向空间扔去。大的骨片掉在脚边，小的飞到台地另一头，更小的则随风飘到苍茫的空间，消失了。

骨片在风中忽闪忽闪着蓝光。弘子想，这是死者的灵魂升天瞬间发出来的光吧？

落在台地的骨粒和小石、沙砾混在一起，难以分辨了。

弘子说不出自己手指所接触的一块一块骨片的主人名字。它们都是自己最近认识的最亲密朋友的遗骨。他们渴望把他们埋葬在高山之巅。她是为了实现他们的遗愿来到这里的。

"在这荒凉的山顶上，他们不会感到寂寞。"她撒着骨片，这样想道，"因为他们在这片土地上，能够得到最好的安息呀！"

把骨头撒完之后，弘子把台地上的石块和小石砾拾在一起，堆了起来。

（这叫垒石堆，是登山者登上实现夙愿的山峰后，为表达激动之情或是为给以后登山者树立路标而堆垒的。）

这是名城曾经告诉她的。但是他没有说这些垒石堆可以作为墓标。

可是弘子现在是给他们堆墓标的。这里，作为垒石堆的材料十分丰富，但对弘子来说，堆垒石堆并非轻而易举的事。

弘子想堆一个比自己身材还高的垒石堆。这样就必须用几块平整的岩石作底座。要寻找这样的岩石，不仅化费时间，而且对于她这个弱女子来说，将这样的大石块搬到石堆旁，也释一项繁重的劳动。

她的脸颊多次被爬地松划出血,手掌和手腕也被锐利的石棱划破多处。

她终于垒起了石堆。这个与她自身差不多高的石堆,顶部用小石块,将整个石堆向上收敛成为一个尖峰,指向蓝天。

弘子对自己的成果十分满意。即使狂风暴雨吹倒石堆,自己辛辛苦苦运过来的石头也会长久地留在这里。而且由以后攀登到这里的登山者,还会在上面增添石块,这个垒石堆将不断地增高。它倒塌了,被人堆起来,再倒塌,再被人堆起来,以至越来越高……。

弘子把刚才留下的三块最大的骨片,埋进石堆的底座。至此,她的作业全部结束。

她站起来,一片金黄色的卷积云映入她的眼帘。不知什么时候,太阳已经浮沉在对面群山的峰顶间。那片映着夕阳的金黄色卷积云,像贴在天空似的,一动不动。

"对了,还没有写上碑名呢!"

正要离开山顶时,弘子想起了这件大事。究竟是给谁送葬,垒石堆究竟是谁的墓标?这些都记不起来,怎能算是为了纪念死者呢?

就在刚才垒上最后一块小石头时,在脑海里还清清楚楚刻着死者的名字,在此时,竟然忘得一干二净!

究竟是谁?

这些死者的名字,已经到达她脑海记忆表皮底下,怎么也不浮现出来。

究竟是什么人呀?是谁?不是一个人,是三个人。要是能想起其中一人的话,那两个人也会想起来的。

不知什么时候,头上那金黄色的云彩消失了。山就像水里的映影似的摇晃着。当这种摇晃逐渐平静下来时,乳白色的雾开始笼罩四周，并且越来越浓，以致伸手不见五指，紧接着雾又变得越来越稀薄起来。

当雾气全消时，弘子甚至连梦也忘了！

她醒过来时，发现自己躺在一间不到六铺席的简陋房间的一张床上。房间中央挂着一只电灯泡。电灯未开，房间昏暗，似乎已是傍晚时分。

她看到枕头旁边放着一块通知板，上面写着："您醒过来时，请按一下床旁的电铃。"

弘子按一下电铃，刚才那位医生走了进来。此刻，弘子才注意到这家医院竟然没有女护士。从昨天开始，她只看见传达室有个貌似巫婆的老妇人。

不管如何，自己现在躺在床上，说明手术时没有死去。

"好的，您醒过来了，因为您的子宫很紧，手术相当费劲！不过，总算顺利结束了。您步行回家也可以了。"

医生开始面露笑容。他笑时，面貌显得更难看，但却是和善的。

"出血大约要两天后才能停止。在这一星期内，不能参加激烈活动。您很年轻，身体又健康，没有什么可担心的。"

"谢谢您了！"

弘子躬身致谢。

"不必了。不过刮宫之后更易怀孕。为了避免发生类似这样的事，还得请您节制。当然了，要是完全不发生这样的事，那我们医院就得关门了。哈哈哈！"

医生露出满嘴参差不齐的牙齿笑道，弘子知道他是为了缓和手术者的窘状，故意这样说的。

"可是，大夫，我有个要求。"

"什么？"

"要是您同意的话,我想看看那个。"

"那个?什么?"

"是……刮出来的孩子。"

"孩子?……这不是开玩笑吗?仅仅两个月,还没有变成人形呢。还是不要看的好嘛。"

"可是,好不容易才产生的生命,却因为父母的原因而被从母体里取下来,这太可怜了。"

弘子眼圈湿润了……

眼泪从弘子脸颊往下流,下腹疼痛变得更加剧烈,她感到茫然。

但是无论多么痛苦、悲哀和空虚,这件事决不能告诉名城,告诉他只能造成他的痛苦。

"多么可怜的孩子呀!"

但是"母亲"的巨大悲哀,丝毫不能弥补剥夺了一条小生命的罪过。弘子失魂落魄地走出了医院。

街上已笼罩着夜色,许多人匆匆赶路回家。

第十一章　架设传送梅毒的桥

夕阳透过林中树枝洒到地面，两人来到山上的湖畔。

他们从山脚下的小车站下了火车后，向着上空堆满彩云的八岳山岭方向前进。在横穿过起伏而上的宽阔高原后，他们沿着林中的羊肠小道，走了几个钟头。这时眼前突然出现一个碧波荡漾的湖泊，它静静地卧在琥珀色的空间里。

"今晚，在这里过夜吧。明天再爬过山，往蓼科方向走。"

名城对同行的理沙子说。理沙子默默地点了点头，把目光转向映着夕阳的树木上。即将落山的夕阳，将其红色的光芒洒落到快要凋落的金黄色的片片树叶上，构成一幅充满着悲哀声的图画。

是夕阳想燃起，却燃不起的悲哀。是树叶无法摆脱要凋谢的命运的悲哀。是自然界的景物在消失前的不必要的美。

——而我是为了燃起我青春余烬的旅行，是为了度过青春消失前最后一点毫无意义的美好时光的旅行。

理沙子想道。湖面倒映着夕阳的光芒染红了她的脸。

夏天刚结束，湖畔的那个小房子却一个人也没有了。

名城在学生时代曾来过这里一次。当时，这小屋里住着一位老人。这位老人每年都要在大雪封山的前夕才下山。他住在这里，给一时因心血来潮而来到这山中湖泊的登山者们烧饭、做酱汤。如今这位善良的老人不见了，小房子空荡荡的，显得十分凄凉。

山中之夜降临得早。他们正清理小屋子时，夜幕已徐徐笼罩森林和湖泊。

理沙子用名城拾来的枯树枝烧了饭。饭毕，整个屋子已充满了暮色。

树枝在炉火里劈劈啪啪地响着，两人围着火炉相对而坐。理沙子的脸色在炉火的映照下如酒醉般地微微发红。周围死一般的寂静，仿佛两人若不说话而沉默下去，就会被这寂静闷死似的。

"他大概已经死了吧？"

名城喃喃自语。他不是为了打破沉寂，而是想起了在记忆中已经淡薄如烟的那位老人。

"谁呀？"理沙子问道。

"是过去看守这房子的一位老人。我最后一次来这里见到他，是在六七年前……老人很爱这个湖，他的墓一定在湖畔的什么地方……"

"真可怜。守着这个深山里的湖而死去……未免太寂寞了吧。"

"不，也许，老人死的时候，像今晚一样一个人影也没有。但是，他的周围会有饮这湖水长大的鹿、松鼠和小鸟们，除了这些温顺的动物，还有熊和野猪呢，它们都会来给老人守夜的。"

在这黑夜中围炉而坐交谈着的两个人眼前，浮现出名城描绘的老人那浪漫而奇妙的葬礼。

"真是有趣的葬礼呀。"

理沙子望着窗外。远方,仿佛辽阔草原的夜空一般,空荡、寂寞。

在计划引诱这位即将结婚的处女外出旅行时,名城确信她爱自己,一定能答应自己的。因此他更为自己恶毒的目的感到痛心。

为了减轻内心的负担,他选择了留下自己青春的最美好记忆的这个山中湖泊。他把理沙子带到这里来了。

弘子把以自己的生命作赌注而染上的梅毒病毒传染给名城后,这种病毒已在名城年轻的肉体内繁殖开来,现在该是移植的时候了。于是名城把理沙子约了出来。

但是,来到这湖光山色的土地,名城不能不感到自己的选择是多么的错误。

童话、梅毒,这是两个水火不相容的词。当编织童话般的故事时,名城忘记了自己的目的。当初,他那哪怕采取强奸手段也要达到目的的决心,已被夜色冲洗得一干二净了。

旅程还有最后一天,到松本或长野,住到那灯光明亮的旅馆里再说吧。

名城希望选择合适的地点。

"该睡觉了吧?"

名城决定推迟行动,于是对理沙子说道。

"好的。"

理沙子胆怯地点点头。

炉火被熄灭了,两个睡袋并排摆在地上。

黑暗中,理沙子的温热气息使名城难以入睡。夜,使他们更加意识到对方的存在。

"名诚,你真怪!"

理沙子在睡袋中转向名城说道。

"怪？什么意思？"

名城明知故问。

"你是为什么把我带到这儿来的？你为什么连吻都不吻我一下？我可不是小学生了！"

名诚答不出来。梅毒也完全可以通过接吻传染，他忘记了此行的目的：一定要把弘子传递给他的梅毒传染给理沙子。看来，他不忍心！他的内心深处隐藏着对理沙子的爱怜。

"我，我害怕！"

理沙子颤抖着声音说道。她自己也不明白怕什么。她所爱的男人就睡在身旁，可是他们又在虚度着时光。为此她可能感到委屈吧。

理沙子虽然从小生长在深闺中，但处女的贞节观却是薄弱的。在她看来，是否处女，和结婚没有关系，在婚前，只要出现自己最爱的男人，或最爱自己的男人，就可以毫不犹豫地把自己的处女贞操赠送给他。

倒不如说，这是家庭环境优裕的女孩子们的想法吧。

出身贫苦的女孩子把自己的处女贞操视作结婚这一"永久就职"而奉送给男方的赠品。十分珍惜，倘若失去处女贞操那就意味着失去一个"就职"条件，因而，处女贞操对于她们来说无疑是极珍贵的。

这并不是出于道德观及遗传学的考虑，而纯粹是商业性交易的手段。

可是在理沙子看来，女人在婚前所以保持处女贞操，不过是因为没有出现非将自己的处女贞操赠送给他不可的男人或想要得到这赠品的男人罢了。

理沙子在出发时，就是想把这礼物赠送给名城的。

结婚和炽烈的爱情是两码事。爱情仅仅是男女双方的问题，而结婚则是本人和双方家庭考虑了种种关系，权衡利弊后才决定的男女之间的结合。父亲要把我嫁给黑木家，我默默地出嫁就是了。至于男女间炽烈的爱情，尽管能够使双方忘记周围的一切，但从长远观点看，却是不冷静、不现实，也得不到大多数人祝福的。然而为了一时之爱，耗费一定的时间，也值得。

她就是抱着这种想法出发旅行的。可是，这唯一的一次机会，这宝贵的时间正在悄悄失去。

"让我睡进你的睡袋吧。"

焦急使理沙子忘却了处女应有的羞怯。

名城趁势拉开睡袋的拉锁，抱起理沙子温热的身体，毫不犹豫地剥下她的衣服。

可是当他把理沙子那在夜色中也能看出的白艳的身体放在睡袋的羽毛上，就要采取行动时，他痛苦地意识到，她是别人无法代替的自己最爱的女人。

他接近理沙子的借口是要把梅毒传染给她，其实这是自我欺骗，对理沙子的爱，使他在行为之前进行了不必要的准备。

他用薄橡胶皮包住了开始生长脓疱性梅毒疹的部位，以免将梅毒传染给她。

可是他不知道，在这之前，理沙子却已悄悄地把他套着的薄橡皮取掉了。

周围一片沉寂，只有三宝鸟的叫声从远处的森林传到湖畔。

十天之后的十月一日，黑木正武和理沙子的婚礼在皇宫前的大饭店内举行。

婚礼豪华隆重，宾客如云，财界要人几乎全部出席。所有一切都充分显示了两家的气派。

在堂皇富丽的会场，名人的致辞，客人的鼓掌，谈笑声此起彼伏。

谁也不知道，就在这时，在美丽端庄的新娘身体深处，梅毒病毒正在悄悄地繁殖。

这一天，在饭店传达室帮助登记出席者名单的名城也不知道新娘的身体正在发生可悲的变化。

于是，梅毒病通过下列途径：打短工者——弘子——名城——理沙子，传到了黑木家。

第十二章 假御车

一

K国首相斯塔尼斯罗思,为了解日本经济发展情况,从十月一日开始,对日本进行为期十天的国事访问。九月十日,日本阁僚会议决定给予首相一行国宾待遇。

这是K国首相初次访日。日本政府希望以此为契机,进一步促进两国友好亲善关系。

为使接待工作万无一失,政府有关部门开了联络会议,并同首相即将参观的单位保持密切接触,多次与他们就有关接待细节进行磋商。

按照日程安排,K国首相访日第三天,将参观拥有日本一流设备的最先进的明和化成公司的品川工厂。

明和化成责成黑森保安科长为接待组负责人。

随着K国首相日日期迫近,黑森频繁地出入外务省,对深思熟虑制定出来的接待要领,不断进行修正、检查。

"黑森先生,拜托您了!可以秘密地告诉您,这次K国首相访日的主要着眼点实际是贵公司。K国盛产石油和天然气，拥有仅次于美国的大油田。但其石油化学工业十分落后，缺乏该方面的设备和技术。它所需的乙烯系统产品，全靠国外进口。因此它决心推行石油化工产品国有化方针。前不久，该国阁僚会议决定了有关发展石油化学工业的对策。首相是在这次阁僚会议之后访问日本的，显然访问石油化学企业的贵公司是他的主要目的，而其他活动都是次要的。所以，恕我多言，黑森科长在接待上务必小心谨慎，避免出现纰漏。作为日本政府，不仅仅是把他当作一般国宾，而是当作为谋求成套设备输出的重要客户来接待的。另外，据说K国首相还是个性情怪僻，爱挑剔的人。"

在外务省五楼的礼宾室，外务省接待负责人大塚事务官对黑森说道。

"请您放心。我们已经召集公司接待人员开了好几次准备会了。这是有关明和化成荣誉的事，我们一定使首相一行满意。"

黑森信心十足地说道。

"这我就放心了。我再补充一句，签订设备输出的合同时，我们一定会关照明和化成公司的。"

最近刚从法国回国的大塚事务官，用带有法语味儿的语调，意味深长地说。

一个钟头后，黑森科长毕恭毕敬地来到明和比成公司总经理办公室。花添由美频送秋波，他却视而不见，战战兢兢地走到黑木跟前。

"总经理，有关接待要领，已从外务省取来了。送给您一本，请过目。"

"黑森君，所有的接待工作都准备好了吗？"

"是的。都准备好了，请您放心。"

黑森把在外务省说的话又重复了一遍。

"不消说，这次首相来访，将涉及本公司向K国出口成套设备的问题。如果由于我们的努力，使首相访问成功，那就可能成为一笔几十亿元，不，几百亿元的大生意。这样不仅使我们一直不景气的公司，重整旗鼓，而且会取得更大发展。公司股票的价格将会因此而提高。政府当然支持这笔大生意，并能分配给我们更多外汇贷款。怎么样？黑森君，你切不可只认为是对重要客人的接待，而应当看作是关系到明和化成公司命运的一项举动呀！"

"知道了！"

听着总经理的话，黑森渐渐地感到不安了。最初，他简单地认为，客人虽然是国宾，但自己所做的充其量是接受访问的接待工作罢了。现在听说，这将关系到庞大数字的一笔成套设备的出口生意时，他强烈地意识到自己责任的重大。

当天晚上，黑森回到公寓后，强忍住不叫由美来，自己一人背诵外务省发的"接待要领"：

十月三日上午九时三十分，由下榻的赤坂N饭店出发。

上午十时，到达品川工厂。出迎者：黑木总经理、桑烟副总经理、白鸟专务、饭岛常务。

上午十时二十分，登上工厂工地中央的特设瞭望台，鸟瞰工厂全貌。

上午十时三十分，依次参观第一、第二、第三车间。先导者：黑森科长，陪同者：总经理和公司负责人。介绍者：桑畑副总经理。

中午，在贵宾室，明和化成公司设宴招待贵宾。

下午一时，参观冷冻机房、原油分解装置、聚合锅、乙二醇蒸馏塔、反应塔等。先导、陪同、介绍者与上午同。

下午二时四十分，在贵宾室小憩。准备毛巾、柠檬茶。总经理致辞并介绍工厂概况。最后由明和小姐（梶村弘子）赠送纪念品。

下午三时三十分，乘皇家御车赴皇宫。

至此，黑森才能从重担中解放出来。黑森反复读了多次，直到全部记牢。并且他已按照"接待要领"作了充分难备。他不止一次与有关单位接触进行落实，以防止万一出差错。尽管如此，他仍信心不足。

几百亿的成套设备输出——黑木总经理的话，沉重地压在了他的肩上，几乎要把他压垮。

他焦急地等待着 K 国首相访问结束的时刻，十月三日下午三时三十分。

二

十月三日，天气晴朗，这使黑森大为高兴。如果天气不好或下雨，就会给接待工作带来诸多不便。

首相一行，准时在先导车指引下，到达品川工厂。在接受明和化成公司领导人的迎接致意后，马上开始参观。宛如精密仪器一样准确，参观一分一秒地按预定计划进行着。

上午，首相依次顺利地参观了三个车间。在午餐会上，可以看出，首相抑制不住内心的满意喜悦之情。

下午一时，首相继续参观。他十分认真地听着桑畑副总经理用熟练英语的讲解。

"这是原油分解装置，其乙烯分解能力在日本首屈一指，约为五万吨。昭和三十×年，由于建成这个装置，乙烯成本一下降低了百分之十六。"

首相微笑着听取桑畑的介绍。他原是石油方面的行家,因而在听介绍时,常常向桑畑提出尖锐的问题。肥头大耳的桑畑,额头汗水直冒。

聚合锅——乙二醇蒸馏塔——反应塔。

对黑森来说,从沉重的负担中解脱出来的时刻即将到来。

终于到了下午三时二十分。明和小姐梶村弘子向首相献了花束和纪念品。至此访问按时结束。

黑木总经理等公司负责人和有关人员如释重负,面露轻松的表情。

"感谢贵公司的盛情接待。今日的参观,将会对我国做出贡献。我们相信在不久将来,能在K国见到贵公司人士。谢谢!"

继总经理致告别辞后,斯塔尼斯罗思首相满脸笑容地说道。从表情上可以看出他说的话是出自内心的。

"首相今天很满意。这个人很少这么喜笑颜开过。访问如此成功,我们也感到荣幸,因为是我们主张让首相参观明和化成的。谢谢你们,谢谢你们!"

大塚事务官高兴地说道。

参观完品川工厂,首相一行按预定计划,将驱车赴皇宫,会见天皇、皇后两陛下。

御车由首相和首席接待官乘坐。一号车至十号车是警备车,由首相随行人员,接待人员和警卫人员乘坐。

黑森正要请首相乘坐御车时,一个陌生人走到他跟前:

"是黑森保安科长吗?"

"是的"

"我是皇宫警察。刚刚接到本署通知,有迹象表明左派要闹事。为预防万一,请首相到八号车和侍从武官坐在一起。那么,失礼了!"

来人简单流畅地说罢，就转身离去。

黑森对他并不怀疑。因为迄今有关单位对访问细节安排的种种变更、添加事项等的联系，都是通过电话和信件转达的。

他马上觉得这是可能的。这种轻率的判断和马上就要从重担下解脱出来的心情，驱使他立即引导首相到八号车。

"车错了！"

大塚事务官慌忙喊道。

"不，是接到皇宫警察紧急通知而改变的。"

"皇宫警察？"

大塚脸上立即露出诧异神色。但看到黑森那种自信的神情后，也觉得大概不会有错。实际上，他长期在日本驻法国使馆任职，最近才回国，接待国宾这还是第一次。他把有关命令指挥系统以及详细要领的工作，几乎全委托给他部下的一个"专家"。

不凑巧，当时这位专家因善后工作不在场。于是就在这种情况下，K国首相很快地坐进了第八号车。

"出于警备的考虑，变更首相座车。但车的顺序不变。请出发吧！"

黑森向先导的巡逻车喊道。他怕耽误首相出发时间。当时，所有在场的人，谁都不会对首相因出于警备的考虑这种表面上极为正当的理由，换坐到第八号车而感到奇怪的。

午后三时三十分，车队离开品川工厂。出发时间一分不差。

按正常路线，由白摩托车引导的车队，将沿着第一京滨国营公路，由立有路标的十字路跨过赤羽桥，经虎之门到樱田门。可是，不知何故，八号车速度放慢，渐渐离开车队，直接向新桥方向驶去。它后面的九号车、十号车忠实地尾随着它。

"奇怪，怎么没有设岗哨呢？"

"是走错路了吧?"

"有这样混账的事,要知道这是国宾!"

"总之,奇怪了!"

最初感到异常的是十号车的秘书团和后面随从记者团。

这时,八号车的首相和侍从武官好奇地从车窗望着东京的拥挤人群。到了新桥的昭和街的十字路口,他们开始感到奇怪。

当时,正是星期六下午,由于有大量车辆赶往郊外,红色信号灯让他们等了相当于平时的四倍长的时间。现在已近午后四时。

为什么要慢吞吞的?

首先是侍从武官表示怀疑。K国首相开始皱起眉头,他不断用手指敲打车窗框。侍从武官知道他发脾气了,就对司机道:

"究竟是怎么回事?先导车到哪里去了?陛下接见的时间是四时十分。再慢吞吞的,就来不及了!"

不知司机懂不懂英文,他只是微笑着,依然慢慢地开着他的车。

由于首相被引错了车和司机走错路,K国首相比预定时间迟到四十分抵达皇宫,接见推迟,让天皇、皇后两陛下等候了将近三十分钟。

这样的差错是前所未有的。

外务省丢了面子,而犯过错的明和化成失去了外务省和有关部门的信任。

黑森分辩说,他接到了皇宫警察变更首相座车的口头通知。这更给政府有关人士造成坏印象。因为谁也没有见到,而且怎么调查也查不出他所说的那个皇宫警察。于是人们都认为这是黑森,不,是明和化成了逃避责任而凭空捏造的。

"是真的。在正发车时，我接到他通知的。"

黑森争辩道。

"可是，当时你让他出示警察手册或身份证明了吗？"

"没有。因为马上就到发车的时间了。"

"那么，你未免太轻率了吧！难道你对这突然的变动，一点也不怀疑吗？"

"实在对不起了！"

"你一定记住了他的面貌特征了吧？"

"因为发生在一两分钟间的事……"

"那么，如果见郅那个人，你能认出来吗？"

"这，我没有把握呀。"

"你太不像话了，竟然听信一个来历不明人的话而把国宾错引到另外一部车上，你甚至对对方毫无印象……真的出现了那个'皇宫警察'，吗？"

调查事件的警察官以猜疑的眼光望着黑森。黑森默默地垂下了头。

在明和化成公司总经理办公室，黑森保安科长在满面怒容的黑木总经理面前低着头。

"K国已正式要购买我国的设备。我公司作为大商社，当然可以分到一点利益，而这一点利益就是几百亿元。想不到就要到手的这个机会被你丢失了。"

"实在对不起了！"

"不能光承认错误。我们已经失去政府的信任，怕不能挽回损失了……黑森，你要负责任！"

"我已经准备辞呈了。"

"这不用说了。给公司造成这么大的损失，若本人还满不在乎，势必影响全公司职员的士气。"

"……"

"我将指定你的后任。在此之前,你以非公司正式职员身份,进行移交工作的准备。"

"总经理!"

低垂着头的黑森突然猛地抬起头。

"你,你怎么?"

黑木稍稍吃惊地问道。

"我会辞职的。可是您这样对待我,未免太不讲义气了吧?"

"这是什么意思?"

"不,没什么,我是说我有要求某种利益的权利。我犯了那么大的错误,因而也不想赖在公司不走。但是,既然要我离职,您就要给我应得的利益。"

一直很温顺的猫露出了牙齿。

"你,你是想威胁我吗?"

"不是威胁,是要求正当的权利。"

"我并没亏待你。我已力所能及地关照了你。是你自己将它失掉的,岂能抱怨他人。"

"可谓孽缘难断。不错,是您把我从一个司机提拔为科长。可是,我曾按受您的命令,把……"

"住嘴!现在你重提旧事干什么?"

"当然有用!至少为了我!"

"我知道了。"

黑木长叹一声,他败下阵来了!

"你辞职以后,我除按规定给你退职金,外加津贴费。"

"那么,津贴费可不能少给呀!"

黑森笑嘻嘻地说道。他已由被动变为主动。

"畜生!"

黑森走后，黑木像野兽似地咆哮道。可他不知道，刚才他们两人的对话，全都被梶村弘子偷放在花瓶底下的微型录音机忠实地录下来了。

当晚在N饭店的一个房间，正在进行"例行聚会"。出席的是美马、名城、弘子和山路四人。

"真没想到，事情进行得如此顺利。"

美马说道。

"梶村弘子小姐的父亲的朋友开八号车，是这次计划成功的重要因素。"

"山路极其出色地扮演了皇宫警察官，当时我正抱着花束，悄悄观看他的表演。他的演技可谓达到了炉火纯青的地步。"

弘子微笑道。

"这恐怕也是我一生中演得最精彩的一出戏。我也没想到黑森如此容易地上了当。其实当时我心里没有谱。不知道那种有关治安的事是否归皇宫警察管辖。对于自己的表演，不抱成功希望，这样，心里反倒平静踏实了……噢，那位身穿长袖和服的明和小姐真漂亮，她是谁呀？"

山路对弘子开玩笑地说道。

"您真坏！当时我还感到很难为情呢，可是您还取笑我！"

"不过很遗憾。这录音带里没有最关键的话……"

"光凭这里面的对话还不能下结论。但可以怀疑黑森是受黑木指使杀人的。被杀的可能就是名城和弘子的父亲。"

"这极有可能。好的，最近要准备收拾黑森。"

"采用什么方法？"

"从花添由美身上开始。"美马歪着嘴狞笑道。

"一旦断定他们是凶手时，就用相应的方法干掉他们。"

这时，从微型录音机里传来黑木总经理的声音：

——给你退职金外加津贴费——

第十三章　幽灵的护照

一

在涩谷美竹町高级公寓的一室，黑森进和花添由美并排躺在床上。

"那个事件以后，你反而显得清闲了。"

由美眯着眼睛，仿佛在谈一件有趣的事。

"你别说了！"

男人哭丧着脸说道，但女人继续说下去：

"他们仅仅给你一千万元，就打发你走了。哼，你还对他们感恩戴德呢。"

"这是什么意思？"

黑森把身体转向由美。

"你不明白吗？我告诉你。按公司规定，你的退职金应该是两百万元，因此，其余的八百万元是所谓的'津贴费'了。"

"是的。不过，这一千万元是作为一个科长的退职金付给我的，可以说相当多了。"

"所以，你就感到满足了，是不是？"

"嗯？"

"你真糊涂！"

女人嗤之以鼻地笑道。她把被单拉到腰际，坦然地让丰腴的乳房在男人面前晃动着。

"一千万元能够我们用多长时间？既然敲竹杠，至少要敲他五千万元，要敲到光利息就足够我们花的一笔巨款才行！"

"这不是开玩笑吗？我一个小小的科长，怎么能得到那么多钱？"

"既然是科长，他们为什么给你一千万元？一千万元是你凭职务和供职年限所应得退职金的五倍，何况你不是退职，是解雇。他们之所以给你一千万元，是因为你掌握着他们的要害。对这点，你要充分加以利用。既然可以拿到五倍于退职金的钱，那么也可以拿到十倍、甚至二十倍的钱。你太傻了，竟然让对方单独决定价钱。"

"你这女人！"

"什么？你不也是个恶棍吗？既然如此，现在正好是彻头彻尾作个恶棍的时候。"

"可是，我和黑木已谈妥一千万元，我不能再提价了。"

黑森带着惋惜的表情说道。

"你说什么？你还没离开公司呢，在后任没有指定之前，你还是保安科长啊！"

"那么，该怎么办？"

"你到什么时候才能想出好主意呢？"由美深深地叹了一口气，"公司里每月发工资是二十五日，这个月的二十五日是星期天，所以提前到二十四日发放。可是，又因为这个月二十二日是公司成立纪念日，紧接着第二天的二十三日又是勤劳感谢节，这两天连续放假，所以，财务科已经分好的全明和化成公司各部的工资，从二十一日傍晚开始至二十四日早晨，两天多的时间将放在保安科的保险柜里。"

"整个公司，只有你、财务科长和总经理三人知道保险柜的号码。"

"喂，别说了。"

黑森终于听出由美话中的含义。由美眼睛闪着亮光，继续说道：

"全明和公司五千人一个月的工资大约二亿元，整整两天'熟睡'在保安科的保险柜里，而且，你又知道保险柜号码。这，不是很好的机会吗？"

"干这样的事，要蹲监狱的。二亿元虽然对我很有吸引力，但我还不想吃这馊饭呢。"

"只有笨蛋才会被逮住。有些盗窃、冒领金钱者之所以落网，是因为他们得到大笔金钱之后头脑发胀，到处花钱，留下许多蛛丝马迹，从而被人发现。我们可不这样。我们拿到钱以后，马上逃到深山老林中躲上五年十年，等待风平浪静。当然，货币贬值是可怕的，但我们可以用它分别置些不动产。携公司作为工资的巨款逃走，不管被当作冒领还是盗窃，万一被抓住，充其量被判刑十年，而在潜逃中，被追查的时间也不过是五年。五年时间，咬咬牙，很快就熬过去了。何况这段时间，我们生活在那空气新鲜的深山里，比起巨款被没收后蹲进监狱不知要好多少倍。五年后，你我不过三十八岁和二十八岁，还可以用这两亿元好好享受享受啊！"

黑森睁大眼睛，出神地听由美描绘未来的一切。追求物质享受和性欲的这个女人，不知从什么地方学到这么多坏主意。

"我的朋友在足尾深山的古峰原有一座新建的别致的别墅，

可是由于交通不便，还没有使用过。那里绝无人迹十分安全。山上还有温泉，虽说温度偏低，但稍一加热就可使用。从那里可以眺望日光山的白根峰和男体峰。"

"你去过那里了？"

"是的，我早就想过，什么时候可以利用这个地方。"

"你可真是了不起的女人啊！"

黑森又一次感叹道。

两亿元！黑森的心不由地被打动了。他仿佛看到自己和由美在深山别墅悠闲地生活着，等待着五年时光结束的情景。

"保险柜中作为工资的两亿元不像银行钱柜的钱那样编着号码，因而一拿到手，就可以大胆使用。"

由美最后补充的这句话，坚定了黑森心中刚萌起的欲望。

二

在二十一日之前的几天，黑森和由美对他们的计划进行不断的琢磨，使其日臻完善。

节日前，公司最晚在七时之后除了几个守卫就没有人了。这些守卫都是黑森的部下，用什么借口都可以把他们支开。

他们把有的职员忘带东西而回来取等各种可能性都考虑到后，决定晚九时行动。从保险柜拿了钱后，马上乘东海道线火车到热海。

"从东京车站坐'明星'号，到达热海的时间是二十三时六分。走出车站，那儿有一辆天蓝色小轿车在等你。车号是品川20－48。司机正在读一本××周刊杂志。你走到他跟前说，是由美叫你来的，然后把钱交给他。他是一个大富翁的儿子，其私人财产就有十亿元左右，是一个绝对可靠的年轻人，但有一个奇怪的嗜好：乐于帮助盗窃之徒。盗窃者潜逃的最大负担莫过于随身携带盗窃物品，将它卸掉是最明智的做法。你应该相信我，把钱交给他，这比存在日银①的保险柜内还安全。之后，我把这两亿元换为有价证券或不动产证明书，给你带去……那个人天亮之前会把你送到古峰原的。即便你的踪迹被发现，急昏了头的公司也会以为你到了中京、关西方面，会在那里拼命地搜查，而其实你正舒舒服服地泡在高原的温泉里。"

"你跟我一起去吗？"

"你说什么？至今谁也不知道我们俩同居，因此我要留下来观察公司的动静，这样做有利于我们今后的行动。"

"嗯，你这样说也有道理。"

黑森将一个人逃往深山密林，对此，他似乎感到胆怯。由美看出他的心理，说道：

"把胆子放大一些……再说，我还有一个打算。"

"打算，什么打算？"

"我反正迟早要辞职，临走前想捞他一把。"

"你还想捞什么呢？"

黑森感到纳闷儿。

"黑木总经理几乎完全把印鉴托付给梶村弘子，而梶村弘子并不总是随身携带。我想伺机偷取印鉴，以总经理名义开一张五千万元左右的期票。如果把期限写成三个月，那么到期后不知会转到谁手里，因而不容易被发现。因为是明和的期票，以十钱的日贴息，拿到什么地方都可以兑换到现金。最后因为盖着总经理的印鉴，公司即便发现受了骗，也不得不付钱。我将期票换成现金以后，会马上赶到高山别墅你的身旁的。你就放

---

① 日银：日本一家大银行。

心地等待吧。"

黑森已成为对由美百依百顺的傀儡。但他万没想到，由美也是被人暗中操纵的傀儡。

十一月二十三日，上午九时，一个人准备乘日航飞往雅加达的741次班机。他在机场检验处出示的护照、检疫证明书、出国登记表上的名字是黑森进。

起飞前三十分钟，他混在乘客内，在乘务员引导下，经剪票口走到起飞场。在上面的迎送台上，有几个人热烈地向他招手。

他好像看到了欢送人群中的那几个人，微笑着招了招手。

乘客全部进入机舱，喷气式飞机马达开始轰隆隆地响起来。

万里无云，碧空如洗。这是一个极有利于飞机飞行的好日子。

十一月二十四日上午，明和化成像被捅了马蜂窝，乱成一团。

全公司五千人的十二月份工资两亿日元不翼而飞，保安科长黑森失踪！黑木总经理和其他公司头头最初简直不敢相信这个报告。

但是，当严酷的事实摆在他们面前的时候，他们茫然不知所措了。即便是明和这样一流的公司，也并不是能轻而易举地筹措到两亿元这样庞大数目的巨款的。

"逮住他！凡是所有他可能去的场所，他所有的亲戚朋友，连稍有关系的人的家都要一个不漏地给我搜查到！"

黑木气急败坏地命令道。全公司所有职员分散到四面八方去寻找。与此同时，公司马上向警察局递交了被盗报告书。因为事关两亿元，公司再也不能顾及体面和羞耻了。

直至下午,他们才得知黑森已乘二十三日日航711班机飞往香港。

"香港?"

黑木咬牙切齿地说道。看来黑森去香港是要把两亿元换成黑市美元。

根据进一步调查结果得知,黑森大约在两个星期之前就已经委托T海外旅行代理店办理一切出国手续。

两星期前,那不是他因为假御车事件而被告知将被解雇的时候吗?这么说,几乎在他失去职业的同时,脑海里就冒出并且立刻开始制订这罪恶的计划。黑木为黑森的诡计多端、办事神速而啧叹不已,但是,更令他惊讶的事还在后面呢。

"实际上,这家伙捉弄了我们。他申请并已经得到去巴西的护照。在到达香港以后,他不继续乘去雅加达的日航,而改乘当天下午五时三十分泛美世界航空公司环球班机去旧金山了。"

二十四日傍晚,筋疲力尽、头昏脑涨的黑木总经理听取这个案件的担当警部介绍调查的情况。

"您是怎么知道的?"

"我们和香港机场海关取得了联系,并请求查看二十三日后出国人员卡片。他在香港的目的,肯定是为了把两亿日元在黑市市场兑换成美元。所以我们认为他不会在港久停,一定在第二、第三天离港,可是那家伙比我们想象的更神速,他在二十三日下午就离港了。日航711次班机到达香港的时间是十三时十分,而泛美二次班机从香港起飞时间是十七时三十分,黑森在香港仅仅逗留四小时二十分钟,这还包括出入机场办理海关手续所需的时间在内呢。他在如此短的时间内,将两亿日元的巨款在黑市兑换成美元,然后飞往美国,真是闪电般的速度。这架飞机二十三日的二十一时至二十四时曾在羽田机场降落加油,这期间,所有乘客都到机场的特别休息室等待飞机加油起飞。因此黑森这家伙在四十五个钟头之前曾回到羽田机场,当时,他确信还没有开始搜查他,心中一定十分得意呢。"

"那么,可以和他旅行目的地联系,在机场逮捕他吗?"

"这,我们已经想过了。泛美公司二次班机从香港到旧金山飞行时间十八小时,也就是日本时间的二十四日中午,即昨天到达旧金山。我们给那里警方打了电话,据调查,他只在旧金山等待了两个小时,就又乘泛美国内班机去洛杉矶了。到达洛杉矶是日本时间二十三日下午五时左右,紧接着,他又在当天晚上十时乘巴西航空公司 811 次班机去里约热内卢……"

"那么和里约热内卢联系吧。"

"这可不行……巴西航空 811 次班机从洛杉矶要飞约二十小时才能到达里约热内卢,也就是日本时间今天下午 6 时,黑森就到达目的地了。"

黑木情不自禁地扫了欧美加手表一眼。

刚好下午六时!黑木不禁长叹了一声。巧合吗?不,这不是巧合,是罪恶的天才所算计的必然的一致。此刻,黑木似乎从手表的玻璃罩中看到身揣用两亿日元兑换来的美元、得意洋洋地从飞机舷梯走下踏到那南美土地的黑森了。

警部进一步说明道:

"我国和巴西没有签订引渡罪犯的协定,所以,黑森一旦逃到巴西,如果巴西方面不予协助,我们将束手无策。虽说飞机不像火车,由于受天气和气流的影响,未必能按时到达,即便他现在还未到,我们现在和那里交涉,但因他搭乘巴西航空公司的飞机,远离日本领土逮捕他又谈何容易。总之,一切的一切,都在他神机妙算之中。"

警部的话中流露出赞叹之意。

——一切都在他的神机妙算之中。

警部说的没错。二十五日是明和化成发放工资日,但因是星期天而改为提前一天发放。窃款者之所以成功,因为二十四日前一天也是休息日,而且由于偶然的巧合,二十二日是公司成立纪念日又不上班,这样窃款者就得到了四十八小时充裕的时间。他充分地利用这时间,经香港、美国,又逃往非协定国的巴西了。公司打开钱柜发现被盗,报案后,警察进行搜查时,他已在飞往巴西的途中,而第二天二十五日,因为是星期日,搜查无法正常进行。

窃款者正是看准了公司创建纪念日、勤劳感谢节和星期天这三天千载难逢的有机组合,透彻地分析了飞机时刻表,才制定出盗窃巨款的计划的。

但是,黑木总经理还不知道,窃款者的真正目的不在于这两亿元,他也不知道,花添由美为了在"临走前捞他一把",已经开出五千万元的期票。

当黑木总经理意识到两亿元的巨款已经飞往太平洋彼岸,而且再也不能追回来时,因为绝望,竟感到眼前一片漆黑。

几天后,在N饭店的一个房间,又是一次例行的聚会。

"现在,山路早已到达里约热内卢了。"

在经常租用的这一间房子里,正热烈谈论着的是"聚会"的三个正式会员。

"山路捞了个美差啊,去海外旅行了。"

美马羡慕不已。

"不,在他本人看来,这是十分可怕的冒险,途中飞机如因气候变化还是什么原因而改变飞行计划,譬如因天气不好在夏威夷降落,那他就有被逮住的危险。

"是啊,可是这只不过是一出制造黑森逃往巴西假象的戏罢了。警方误认为二亿元被黑森带往国外，其实，这家伙就在离东京近在咫尺的古峰原。"

"谁能想到被换成黑市美元的将近二亿日元以及花添由美所开的五千万元支票，现在就在我们手里。"

"这真是连神仙也难以想象的啊！"

三个人一齐笑起来。

"但是，这也是神仙赐给我们的一个良机。三个休息日的有机组合，有利的飞机时刻表，是我们成功的重要条件。"

"此外，办理出国手续所必需的户籍抄本，可以暗地邮购到。在户籍抄本上写上黑森的名字，贴上山路的照片，谁也看不出来。山路的脸型轮廓和身材都很像黑森，戴上墨镜，谁也认不出来。至于飞机座位预约，外汇许可证，护照签证都委托旅行服务公司办理，只有打检疫预防针时，需要忍耐一下疼痛。最后待护照下来，去外务省打个照面就可以了。"

"办完这些手续，山路就变成黑森飞往巴西了。在那里逗留一星期左右是不需办理签证的。可是，必须制造黑森将在巴西逗留六个月以上的假象，以转移目标。另外还要造成黑森把两亿日元换成美元的假象，不然，警方会紧追不舍的。所以故意让山路绕道香港。"

"可是，香港的美元黑市市场，没有出现黑森所换的两亿日元，那不会引起警方怀疑吗？"

此刻，美马却一本正经地问道。

"有一千万日元出现在香港黑市市场，就足以制造假象了。之后，山路可在里约热内卢从中国人还是什么人手里弄一本假护照，可以回到日本了，这下他任务就算全完成了。"

"可是，弄到一本假护照容易吗？"

"当然容易，我已经委托熟悉的旅行服务公司了。即便不这样做，里约热内卢是个假护照的重要产地，只要肯花钱，就可以买到去世界各国的假护照。"

名城说道。这几年，因为有了活动基金，所以他才得以收集各种情报。

"现在，该收拾黑森和由美了。什么时候把她送到山上？黑森虽软禁在别墅里出不来，但也不能长期地把他扔在那里。从年末开始，古峰原将下大雪，那里本来交通偏僻，这样一来，就会变成陆地上的孤岛了。这正便于我们下手。他死了，不过变成一具无名尸体罢了。因为黑森已经逃往巴西了。"

美马眼睛的瞳孔像做梦似地闪着光。从过去的几次经验，名城知道这是美马采取可怕行动之前的危险信号，他立刻说道：

"黑森和由美不过是喽啰。他们如果能将所知道的事都吐出来，我们就不必采取极端行动了。再说警察也不是傻瓜，如果杀死了这两个人，警察未必不会把他们和黑木明联系起来，不，说不定还会和在波久礼峡谷摔死的松并和小柳联系起来考虑呢。"

"我知道，你是对对手过于慈悲了。"

"你是过于残酷了吧。"

"那么把残酷和慈悲中和一下，就合适了。"

弘子折中地说。

三个人沉默下来。

已是腊月时节，可是被寒风猛烈吹打的高层饭店室内由于安装有暖气设备，热得让人冒汗。

在窗外寒风的咆哮中，名城情不自禁地想起昔日自己和美马系着保险绳在北壁上过夜的情景：他们像爬虫一样贴在岩壁上，在萧瑟的寒风中被冻得失去知觉，差一点死去。

但是那种险恶的环境，却使现在的名城无限留恋。

是啊,那是痛苦的,但没有人世间的敌意。而人世间,对复仇的双方来说都是地狱!

名城这样想道。

第十四章 内食兽

一

　　足尾镇是枥木县最为偏僻的地方，被称为该县的陆地孤岛，只有从桐生镇乘足尾铁路的火车，或者乘汽车通过悬绕在渡良濑川山谷的山间险道，才能到达那里。

　　在去足尾镇途中，山岭上有一个偏僻的小镇铜山町，离这个小镇约莫八公里处有一个高原——古峰原。

　　可能是由于交通的极端不方便或没有宣传的缘故，这个距东京很近，而且离著名风景区日光不远，且眺望景色绝不亚于其他日本高原的古峰原却人迹罕至。

　　在这个高原最接近日光方向的一块平地上，这一两年新建起一座组合式别墅，可是当地却极少有人知道。

　　这个建成后好像始终无人住过的别墅，从十一月末的一天晚上开始，却从里面透出光亮来。当然，不是电灯，是普通的油灯。

　　从十二月中旬开始，高原的上空已是雪花飘舞。雪是被强劲的山风从男体峰方向刮过来的,但要积成厚厚的雪层还需要一段时间。

"由美究竟什么时候上山?那两亿元在她那里不会出问题吧?"

在别墅中间的会客室里,有两个人相对而坐。说话的是黑森,他掩盖不住焦躁不安的神色。

"她马上就会来的,她还要将五千万元的期票兑换成现金,这可不是轻而易举的事啊。现在正是年终,期票一时无法贴现。"

回答的是美马。炉火映得他满脸通红,使他看上去就像一个少年。

"但是分手前,她告诉我最迟十一月份见面。"

"您太急躁了!您还要在这里隐居五年呢!刚上山不久,因暂时见不到花添小姐就忍耐不了……当然您的心情我理解,但是,您已经被认为逃往巴西了,如果由美,不,花添小姐失踪的时间和您出走的时间过于接近,会引起人们怀疑的。"

实际上,美马他们曾想制造"由美"和"黑森"一起逃跑的假象,这样好一块儿收拾掉由美和黑森,但因一时找不到扮演由美的演员而作罢。当然让弘子扮演也未尝不可,但考虑到她若长时间离开公司可能会引起警方怀疑,所以没这样做。

"我这次之所以特地上山来探望您,并不是代表由美小姐,我是不能代表她的,更不是为了金钱,而是出于想助您一臂之力的良好愿望。我对公司这个残暴的庞然大物的所作所为极为不满,尤其对它一旦发生什么事件,就把罪责无情地转嫁给个人,毁掉他的人生幸福的做法,深恶痛绝。这次您乘其不备,拿走它的两亿元,真是大快人心,您用自身的行为告诉我们,螳臂也是可以挡车的。您真是令我可钦可敬的英雄啊。可是这样的英雄，竟儿女情长，因女伴稍晚来一步就受不了。"

"您说得对，我感谢您的协助。在热海车站时，看到车里坐着的竟是您，我一下愣住了，以为是公司派人逮我来了。我真没想到，公司内还有您这样强有力的伙伴。为了把钱转换成不动产，当时我把两亿元原封不动地托你转交给由美……当然，我不是怀疑您，但是由美不能按时前来，也令人不得不担心呀。"

黑森哭丧着脸说道。美马一边往炉内添柴火一边说：

"喂，别这样愁眉不展了，要知道，您现在已经是一个拥有两亿元的大富翁了，应该高高兴兴的才对。大概是饿了吧？吃饭吗？今天，我在山下从一个猎人那里买到了野猪肉，虽说有点膻味，但做砂锅野猪肉还是蛮好吃的呢。"

黑森点点头。看得出，他没有多少食欲。虽然刚过七点，但天已暗下来，外面风很大，风透过房子缝隙，吹得油灯火苗不住地摇曳。

二

十二月二十五日，圣诞节。黄昏，落雪的高原上，一辆奇怪的汽车从与足尾相反方向的鹿沼町爬上来。

车顶部安装有固定喷水龙头、吸水管、水管、藤篓等物，是一辆既像吉普，又像消防车的怪模怪样的汽车。

这辆车在崎岖不平的山路上开足马力轰隆轰隆地爬上来。开车的是名城健作，助手席上坐着脸色有点苍白的弘子。车到别墅前，美马和黑森从里面飞跑出来。

"哎呀，终于来了！"

在黄昏的暮色中，美马露出白牙齿笑道。

"怎么，不是由美？"

看到助手席上坐着一个女人，原以为是由美而欢欣鼓舞的黑森，此刻看到是弘子，大失所望地叫了一声。他已从美马口中得知弘子也是"同伴"，因而见到在公司里就认识的弘子也并不感到惊讶。

"由美为什么还没有上来呢？"

弘子感到意外似地问道。

"那么说，她没到公司上班？"

听了弘子的问话，黑森脸色一下子变得苍白，他心里更加不安。两亿元放在由美那里，她要是独吞了这笔巨款，自己躲在这深山里受罪，又有什么意义呢？

几年来，他们像夫妇一样同居生活，可谓知心，但一旦涉及这么一笔巨款，他胸中不由地涌起了疑云。

"花添小姐其实已经来了。"

美马笑嘻嘻地说道。

"怎么？什么时候？在哪里？"

黑森迫不及待地问道。

"您不要焦急嘛。其实，今天早上，你还睡觉时，她就来了。她告诉我，今天是圣诞节，在晚上大家到来之前，请别告诉黑森先生。于是，我就安排她在另外的房间休息。"

"美马君，你真坏……现在可以叫她出来了，因为大家已经到齐了呀。"

黑森激动得像孩子似地，眼睛闪着泪花说道。对他来说，这将是一个美好的夜晚，他的物欲、性欲都将得到满足。看到黑森这种神情，美马不禁感到好笑，说道：

"好了，好了，请进去吧，还下着雪呢。到屋里暖和暖和，吃圣诞节的晚宴吧。"

室内，闪烁着昏暗的灯光，弘子一走进来，不由地停住脚步：

"这是什么怪气味？"

"是呀！"

名城也抽着鼻子道。

"噢，是灯油的气味。煤油用完了，暂时用野猪的油点灯。那野猪肉是从山下猎人那里买来的。我们的鼻子已经习惯了，你们初来乍到，嗅出膻味来了。请忍耐一下吧！要知道，买一点灯油，也得花一天的时间呢。"

美马解释道。

"野猪吗？有这么臭？"

"光臭还不要紧，他每餐还让我吃野猪肉呢。这里的景色和温泉是无可挑剔的，就是食物太差劲。"

黑森说道。他听说由美已经来了，就恢复了平静。而且，他大概看出四人之中他年龄最大，对初次认识的名城还摆出长者之风。

但是，他的平静和得意并没有持续多长时间。

黑森和他们三人一起吃着名城和弘子从山下带来的食物。他好久未能享受这么丰盛的饭菜了。晚饭毕，大家又围坐在火炉旁，可是由美还没有出现。

"该把由美叫出来了吧？"

黑森终于忍不住问道。

"美马，由美在哪一间屋子？"

名城也问。

"你们那么想见她？"

美马扫了黑森一眼，冷笑道。雪花沙沙地飘落在窗户上，油灯芯吱吱作响。

名城不由地浑身打了一个颤。美马的冷笑意味着他已向案板上的鱼举起了菜刀。

"到这边来!"

美马站起,三个人随在他后面。

虽说这是个比较宽敞的别墅,但走廊两侧不过只有三个房间、一个仓库和一个厨房罢了。两个房间已被美马和黑森作为卧室,如果由美住在别墅内,那么一定住在剩下的那个房间。

但是美马径直从那个房间门前通过,引他们来到厨房。

一种不祥的预感在名城脑海中闪过。由美从十天前就没上班。按照计划,她应该在一星期前来到山上,可是美马说,是在今早来的,他或许隐瞒了什么吧?

厨房角落有一个一米见方的盖子,里面是天然的冷藏库。美马打开盖子,把手中的油灯伸进洞内,然后回过头来向后面的几个人努努嘴。

首先弯腰往里面看的是黑森。因为油灯昏黑,他看不见里面,就一直在洞口弯着腰。

不一会儿,名城看到了,是花添由美的尸体。她一丝不挂的裸体,窝在一立方米左右的暗室内,可是脸色反而比活着的时候更红润。也许是因为较长久地被放在冷暗地方的缘故吧,死斑比通常的尸体发紫。

尸体的头部还不算可怕,惨相从胸部开始:肩膀、胸部、腹部、大腿部的肌肉都被锋利的刀切下,露出内脏。肠、肾、动脉等都变成红色粘土状的一堆。总之,漂亮女人的丰满肉体如今变成屠宰场吊在架上的家畜的样子,在昏暗的灯光下忽明忽暗地闪现出来。尸体没有通常的那种臭味,而有较强烈的膻油味。这种气味,名城好像在什么地方闻过。

"美马!"

"对，是我干的。"

美马绷紧的脸，这时泛起笑容。

"我把她的肉和野猪肉混在一起，让黑森吃了。这家伙是杀害你们父亲的凶手，因而这样处罚他，也未尝不可。"

"可是，那是人肉呀！"

"人肉又怎么样？人死了，就变成一堆蛋白质，和野猪肉没什么区别。我是把她一片一片地切下来的，实际上，我也沾光吃了她的肉。"

听罢，名城真想呕吐。弘子再也没有力气站着，蹲到地上。美马红红的嘴唇好像刚咬过带血的肉。

"喂，黑森先生，你该醒一醒了，名城，帮助一下。"

美马对名城的惊愕和责难毫不介意。他扛起开始清醒的黑森，把他放到走廊上。这时黑森完全清醒了过来。

"你，你杀人！"

黑森嘴唇哆嗦着悲鸣。

"是谁杀人？五年前，品川工厂的储气罐爆炸时，是谁借灭火之机把两个人杀死？"

"你是什么人？什么人？！"

突然被捅破秘密，黑森惊讶不已。

"这两个人，是被你杀死的两个人的子女。你毁了两个家庭的幸福，而得到的报酬是保安科长的交椅和由美的肉体。"

"你所说的，我不知道，真的不知道！我只是忠实执行灭火作业呀。"

"那么，公司给你一千万元的退职金是怎么回事？一个小科长，又是因工作失误而被解雇的，公司为什么给你那么多额外的钱？"

"我不知道，既然公司给我，我就接受了。"

"那么，请听听这录音！"

美马向弘子示意了一下，弘子开始播放过去偷录的黑木与黑森对话的录音。

——我曾接受您的命令，把……

——住嘴，现在你还重提旧事干什么？

从录音磁带中传出黑木和黑森的声音，他们的声音仿佛是从极远的地方传来。

"旧事重提，让你为难了吧，你说，接受您的命令，把……就闭嘴了，其实你后面的话应该是'把人杀死了'吧？"

"不知道，我不知道。这小玩意儿，怎么能作为证据，再说录音的内容，都是很普通的日常会话，要说杀人，是你杀了人，我要告发你！"

"你去告发吧，你刚才已经看到由美胸部、腹部的肉被切下来了？那些肉到哪儿去了？你知道吗？我费了好大的劲儿才做成砂锅肉和肉丸子，让你吃进肚子里去了。为了去掉腥味，我还用了许多大蒜和胡椒呢。"

"是那些砂锅野猪肉？"

"是的，没错，不过也确实混有野猪肉。"

"你这恶魔！"

黑森发狂地叫道。

"你这个吃人肉的才是恶魔呢！"

这时，油灯猛然亮了一下，熄灭了。

"哎呀，灯油没了。是由美的脂肪用光了！"

美马在黑暗中叫道。

"由美的脂肪？"

"是的，因为没有灯油，从由美的身体里切下脂肪熬成油点灯了。女人丰富的皮下脂肪用来点灯太合适了，哈哈哈！"

因为美马的冷酷无情,黑森和名城、弘子三个人一时忘记了敌我,靠在一起。

刚才见到由美尸体时,所闻到的似曾闻过的气味原来就是这种灯油。

"黑森,你吃了如同你妻子一样的女人的肉,在用她的脂肪当油的灯下看书,你才是冷酷无情的人呀。怎么样?把你的秘密都讲出来吧,这样至少可以减轻你的罪行。"

"不知道。即便知道,也不能告诉像你这样的恶魔。"

"是吗?那就不要说了。我们到那边去劝你吧。"

美马说出这些可怕的话后,站了起来。

"该动手了。"

美马向名城、弘子命令似地说完,走出别墅。两人把黑森留在别墅内,不由自主地、茫然地跟在美马后面,好像完全丧失了斗志。

别墅外面,不知何时已变成一片银白色的世界。雪压弯了树枝,覆盖了原野,裹住了山峰,把古峰原与整个世界隔离开了。

"黑森,听见了吗?"美马对着装在别墅门口的扩音器喊道。

"你不必答应。你可以从扩音筒听到我的声音。我们现在已经把别墅的所有的门都关闭了,门是预制的不锈钢门,轻易不能打开的,那窗外的百叶窗也都放下来了,从里面打不开。从现在开始,我们要进行一场精彩的表演。你猜,是什么表演……?是放火表演,为了庆祝这神圣的圣诞节之夜,我们要举行盛大的放火表演。怎么样?好主意吧?别墅里里外外都被我们撒上了焦油,这种油燃点高,不像汽油那样熊熊地烧,而是慢慢燃烧。我现在点火了,外面是银色的世界,红红的火焰将映在白雪上,一定是一幅美丽的图画。一会儿,圣诞夜宴中该用你的烤肉了!"

"恶魔,住手!"

从扩音器中传来黑森的狂叫声。

火被点着了。引火的地方顿时腾起蒸汽与浓烟,不一会儿,火势蔓延到整个建筑物。

从墙缝里喷吐着火舌,冒出浓烟。

"喂,放我出来!"

忍耐不住的黑森对着扩音器喊叫。

"你说出来,我就饶了你。"

"不知道,我真的不知道。"

"那么,我们就让你死。过一会儿,扩音器的电线被烧断,你想说也来不及了。"

"我说,我说了,你放我出来吧,烟把我呛得透不过气来!"

从里面传出拍打百叶窗的声音。

"把脸对着窗户的空隙说!说了以后,再考虑放你出来!"

黑森终于屈服了,他说道:

"那天,因为被告知要在第三车间进行灭火演习,我就在VEA3305储气罐旁待命。"

"灭火演习?谁的指示?"

"黑木总经理。大火在预定的时刻燃起来了,但不是黑木预先告诉我的由名城建设的汽车引起,而是明和化成的油罐车和名城建设的汽车相撞引起的,而且,油罐车内坐着总经理的儿子黑木明。完全是出乎意料的事故。我赶快把黑木明从车内救出来。亏得他所开的油罐车没有装油,得以避免爆炸,但却引起满载油的名城建设的汽车起火,造成火灾。"

"我父亲,他怎样了?"

名城胸中也燃起怒火。

"我是在很长时间后才知道车内坐着的是名城建设的总经理。救出黑木明时,那里已是一片火海。"

"后来又怎么样了?"

名城催促道。杀人凶手是谁?现在马上就触到事件的核心秘密了。从扩音器里传出咳嗽声,看来室内已充满烟雾。

要快!

"我难受极了!"

"快说,说出来后,放你出来!"

"我把黑木明救出来时,黑木总经理连看也不看他一眼,就抱起消火水龙头,向汽车喷水。当时车内还有两个人,黑木把水压升到最高,用高压水向车内拼命想出来的两个人身上猛烈喷去。那两人在汽车相撞时,可能就已经受伤,如今又受这么高水压的水的冲击。因而与其说他们是被火烧死,倒不如说是被水冲击死的。"

"那么,你帮了他的忙吗?"

"我没有办法,水压加高以后,他一个人抱不住水龙头。"

"为什么这么残忍地杀害甚至靠自己的力量都已经难以逃脱火险的两个负了重伤的人?"

"这,我不知道,真的不知道,我仅仅帮了一下他的忙。你们快放我出去,我已经透不过气来了,坏人是黑木总经理,不是我。"

黑森的声音变成抽泣,越来越弱。火已烧到墙外。

"好的,我给你打开门,出来吧。"

美马喊道。这时,名城跑到车旁,把为保温而一直慢转动的发动机的转速加到最快,然后拿下固定在汽车上的水龙头对准别墅的门。美马很快地将灭火器的吸水龙头插进别墅大门旁的温泉内,然后立刻打开门锁。

"好了,门开了,出来吧。"

美马声音刚落,别墅的门从里面向外打开了,黑森从浓烟和火焰中跌跌掩撞地闯出来。这时,水龙头以每秒钟700加仑水量,对准黑森射出。这样高水压的水,能冲塌高墙,撞弯铁栏栅。刚逃出别墅的黑森,被水冲撞得五脏俱裂,又倒在浓烟火焰之中。

火继续在燃烧。熊熊的火舌噬了烟,染红了雪。火苗和不断落下的雪,混合在一起,翻卷着。别墅的房顶倒塌了,震得白桦树抖下了雪。

"神圣的夜,星光闪烁……"

美马低声唱道。

第三天,当地的猎人发现别墅被烧。报纸报道在火烧后的废墟里,发现一具男尸。

看了这报道,名城和弘子感到纳闷:应该有两具尸体呀……

第四天,弘子上班时,看到花添由美一本正经地坐在秘书室办公桌前时,惊讶得竟说不出话来。

第十五章 原来是大股东

一

"但是,美马,你的恶作剧真令人受不了呀!谁也想不到那个由美的尸体竟是蜡制的。"

"是啊,我虽然被名城拉住没见到,但看到黑森被吓昏过去,就知道那是极可怕的东西。"

在临近新年的三十日晚上,他们改变了久用的场所,集中到位于涩谷道玄坂上的意大利餐厅的一个单间。

他们觉得有时改变一下聚会地点也不坏,就来到由名城的一个朋友担任经理的这家餐厅。

他们吃饱喝足了有名的意大利酒菜,话题又转到美马在古峰原的恶作剧上。

"请恕罪,请恕罪。偶尔搞一次这样的游戏,怪有趣的。我很想看看你们那种吃惊的神色,遗憾的是山路没看到。"

"你让我们吃一惊,不过为了逗逗乐,可我们受不了呀,要是有心脏病,说不定就倒在那儿爬不起来了。"

"我在葛饰镇尽头找到了一个蜡俑雕塑艺人,好不容易才请他制的。他是掌握江户时代传下来的这门手艺的最后一人了。他制造的蜡俑,栩栩如生,十分逼真。"

"可是,怎么有那种膻腥味呢?"

"我把焦油涂到野猪的内脏上,然后将它粘到蜡俑的下半身上。膻腥味就是从那儿发出的。"

"美马,你太可怕了,当时,我真以为你吃人肉了。"

"哎呀,我尽管有些特殊的癖好,也不会吃人肉的。和黑森一起吃的的确是砂锅野猪肉,再说,由美还有利用价值。"

"你的演技太逼真了!"

三个人边吃点心边交谈。名城的脑海中浮现出古峰原所见到的那个"由美":在美貌的脸孔下面,胸部和腹部的肉都被割去,露出血淋淋的内脏,并且散发着催人呕吐的恶臭。谁会想到这原来是蜡、野猪内脏和焦油的"合成品"呢。

在他们这次聚会后二十天左右,在巴西被晒黑了皮肤的山路,以中国人张运天的名字,回到了日本。

二

这以后,他们平安无事地度过了两年的岁月。其间,他们千方百计地到处收集有关那两个事件的材料。

在一个烟雨蒙蒙的三月的星期天,他们又集中在N饭店。

"我得到一个奇怪的情报。"

猎狗似的山路仿佛又嗅到了什么。

"听说,明和化成公司由于石油分解装置的扩大,增加了三分之一的资本。我们作为明和的小股东也收到了接受新股份的申请书。股份公司在资本增加时,对现有的股东,按他们拥有的现有股份分配给新的股份。股东所获得的这种权利，叫新股份获得权。例如，掌握有一百股股份的股东，在公司资产增加一倍时，他可以分配到新股份一百股。这种能够以优惠价格购买到的新股份是日本股票买卖的赠品，正因为如此，做股票买卖是一种极吸引人的投机行业。"

山路扫了大家一眼，继续说道：

"具有新股份获得权的人名单中，有三个人姓美马，即美马龙二郎、美马龙三郎、美马龙四郎。"

"他们都是我的叔叔呀！"

"对吧？我没猜错。因为姓美马的人很少，再说名字也可以看出来。不过，我觉得奇怪的并不是兄弟几人在同一公司拥有股份这件事。"

"那么是什么呢？"

"就是三个弟弟都是明和化成公司相当大的股东。而作为兄长的你父亲，反而连一股股份都没有。我认为其中必有蹊跷。"

"是啊，我在整理父亲遗产时，在有价证券类中，没有发现明和的股份。也没有听说过亲戚中有人购买了明和的股份。"

"可是，在新股份获得者的大股东中，美马一族的人占有三个人。我开不知美马家族的人的名字，只是从姓氏上猜的。如果你再调查一下，在股东中，或许还有你家族的人呢？这一点你不觉得奇怪吗？"

"是啊，我也感到不可思议。我三个叔叔都是明和化成的大股东，这恐怕不是偶然的，山路所发现的三个股东是我父亲家族的亲戚，如果我母亲家族的亲戚也拥有明和的股份的话……"

美马停住话头，交叉着手腕陷入沉思。山路接着他的话道：

"假定令尊是明和化成公司的大股东，那么他肯定有什么原因而不让人知道这个事实。因此，他把股份分解开，让本家族的亲戚担任名义上的股东。后来，令尊因车祸死去后，亲戚们之所以对你避而远之，不仅是担心受到连累，可能还因为怕你作为继承人提出交还股份的要求。当时，你正迷恋登山，无心顾及这方面的事。在这种情况下，他们装聋作哑，以达到占有股份的目的。我的这种推理对美马家族的亲戚是很失礼的。"

"哪里的话，事实上我的叔叔确实都是无情无义的家伙。我父亲死了，母亲也因受刺激，心脏病暴发而亡，他们竟没有一个人来守夜送葬，显然，他们是想侵吞我父亲的股份。这件事我要尽快地调查清楚。另外，名城，你看有没有必要也重新调查一下你父亲的遗产？我们两人过去都不精于数字，在处理遗产时，恐怕多少有遗漏之处。"

"好的，我也尽快调查。明和和大和的股份，对我们来说，多多益善。"

名城点头称许道。

果然，调查结果，他们发现了一个惊人的事实。

明和化成共有资本六十亿元，在已发行的一亿二千万股股份中，有六百八十万股分散地掌握在美马龙彦的兄弟、姐妹、伯父、婶母和姻族的手中，这所有的股份超过明和化成股份总发行量的二十分之一。

不仅如此，同样的现象也发生在名城家族和石渡（梶村弘子的父亲）家族中，即大和物产资本一百三十亿元，在已发行的二亿六千万股股份中，名城家族掌握九百万股，约占全股份的三十分之一，而石渡家族有该公司六十分之一的股份。

如果以上三个家族的股份集中到一个人手里的话，那将成为两大公司不可忽视的一大势力。

要控制一家公司，必须掌握其公司的多少股份呢？这尚无定论。战前，三井三菱财阀在他们所控制的公司中至少占有该公司百分之十二、三的股份。由此可知，如果一个人能够拥有一家公司的百分之五的股份，就有可能被推举为董事会成员。

但是，现在这数目巨大的股份却分散在能得到分红就满足的老实巴交的股东手里。

另外，除美马一族的三个人以外，这些股份的其他名义的股东由于姓氏相异，公司不知道他们之间的亲戚关系。

"同一家族的人，分别购买同一公司的股票，可能是偶然的，但美马、名城、石渡这三个在那两个案件中被害的人的家族，也都是这两大公司的股东，这个事实就不能认为是偶然的了。我认为前不久山路的推理是可以成立的，即令尊们拥有明和、大和的大量股份，但他们出于某种原因，不能让别人知道这个事实，就将股份分散到亲戚们的名下。"名城说道。

山路紧接着说：

"还有一件令人不可思议的事。如果说承包明和工程的名城拥有明和的股份，作为大和公司职员的美马购买了大和的股份也不足为奇。可是事实上，不知为什么恰恰相反：名城家是大和物产的股东，而美马家是明和化成的股东。"

"是不是因为我们两家是友好邻居，他们交换了各自所在公司的情报，而购买了对方的股份呢？"

"这理由也不充足。另外，令人奇怪的还有，石渡先生也拥有大和物产公司的股份。他为什么也把股份分散到亲戚的名下呢？"

"是什么原因促使我们俩人的父亲购买对方的股份呢？这大量的股份如果真的属于他们的话——看来这有百分之九十九的可能，那么，当务之急是取回股份。提出恢复继承权的有限时间，从可以继承的时间算起来为二十年，我们的父亲已死去七年了,该马上提出恢复继承权的要求了,我们用活动基金购买了一些股份,如果再加上取回的股份,就可以参加股东总会了。"

美马以兴奋的口气说。毫无疑义,一个股东所拥有的股份数量的多少,可以决定他在公司内的作用。那些威风凛凛的总经理和别的公司干部,如果没有自己的股份,那只不过是股东们的雇员罢了。如果掌握的股份达到公司总股份的二十分之一,那么他的发言就是强有力的。这样,螳臂就变成大斧了。

"明和化成股东总会的时间是每年五月二十一日,而大和物产是七月二十日。各公司从决算的第二天开始到总会期间,停止办理改换股东名义的手续。因此现在我们已经来不及做收回继承权的工作了。我以为倒不如分头去做管理股份的亲戚们的工作,让他们选我们为代表。其实我们所需要的不是股份,而是股东的表决权。作为亲戚,他们并非不同情我们两家的遭遇,只要我们诚恳地要求,他们一定能协助。比起通过诉讼取得继承权,倒不如现在就向他们表示我们不威胁他们的利益,请求他们协助更好一些。"

名城表示要采取慎重态度,对此,美马感到有些不满,但看到山路和弘子赞成名城的意见,又想到总会即将召开,也只好同意了名城的意见。

"取得总会代表资格后,我们就可以在两大公司的总会上,彻底追究他们有无账外贷款的非法行为。明和公司还有用偷税的办法留下钱分红的嫌疑。他们一定收买了持有政府发给执照的会计师和大部分有资格参加总会的股东们。因此,我们必须争取更强有力的股东作后盾。这样在总会召开之前,我们一定会忙得不亦乐乎:要争取得到作为代表的委任书,收集公司种种违法乱纪的证据,还要物色合适的股东。"

山路鼻子下面淌着汗,说道。他一旦热衷于某一件事时,鼻子下面总要沁出汗珠。名城心中暗道:这小子,干起私立侦探行当后,连体质上也变得像猎狗了。

"具有参加总会权利的股东……喂,名城!"

突然美马大声叫道。

"嚷什么?吓了我一跳。"

"大约在十年前,念高中时,我们在枪穗帮助过一个秃顶老头子。据说一百多家公司都有求于他,他只要到哪家公司的股东会上露一下脸,就是一笔买卖。"

"对,对,记起来了。是一个肥头大耳,干劲十足的老头子。当时,他第一次登山,从山脊的小路走到一个极危险的地方,正在不知所措时,刚好我们经过那里,帮助了他。否则结果不堪设想。他的名字叫大川……我大概可以找到他的名片。"

"大川?"山路马上睁大眼睛,"是叫大川威吗?"

"对,对,我想起来了,是叫大川威。当时他给我们的名片大得就像是明信片。"

"如果真是大川威,那就好了。按照实力,总会屋①可以分成A、B、C三级。大川在最近几年虽然不露面,但在目前,活动在一线的A级总会屋中没有不受他影响的。他在总会屋中,是一个被尊为'头领'的特别人物。如能得到他的协助,我们就能争取到相当多总会屋的支持。"

"是一个如此有能耐的人物吗?"

美马和名城感到十分意外。

十年前的一天,那老人携带艺妓来上高地避暑,被穗高美

---

① 总会屋,取得参加股东会资格的小股东。他们或抓住公司弱点加以威胁、以得钱财,或被公司收买,阻止股东正当发言。

丽的风光所吸引，就把女人留在山下，一个人爬到山顶上来。爬到穗高山顶后，像他这样的年纪的人本该感到满足了，但他又被耸立在眼前的枪岳尖峰所吸引，不自量力地踏上了即使在北阿尔卑斯山也是数得上的险路——枪穗高的山脊小路。

他盲目地爬到一个最危险的地方时，天气骤变，疾风暴雨向他袭来。就在这危急时刻，碰巧美马和名城经过里，搭救了他。

为了感谢救命之恩，在山上逗留期间，他请美马、名城住进上高地帝国饭店的特等房间。想不到这位慈祥的老人在股东总会竟是一个令人畏惧三分的头领。

名城终于从旧名片堆中找出了这位先生的大如明信片的名片。名片上果然印着"大川威"三个字。

在千代田区平河町的都市中心饭店内，包租了六层几个房间的大川老人，过着悠闲自在的生活。这样有势力的人物，即使隐居，日本的各有名公司也得定期向他问候。

"啊，原来是昔日的救命恩人！"

美马、名城的突然造访，使大川老人先是惊讶，接着十分高兴。互致阔别后的问候之后，两人将事情的始末告诉了大川，并请他相助。

"好了，这件事包在我身上。感谢你们把收集到的情报告诉了我。我虽然老了，但却是个爱激动的人，我要全力以赴地追究明和和大和的问题。怎么，你们拥有这么多的股份？那就足够对付他们，根本无须委任书了。你们两人能够坚持不懈地和他们的不法行为做斗争，实在令人佩服。即使你们不是我的救命恩人，我也要鼎力相助。"

大川老人用奇妙的关西话滔滔不绝地说完后，拍拍自己肥厚的胸脯。

"无论什么公司,其公开发表的账目多少总有粉饰的东西。但是,像这两家公司这样,比起实际营业额来,开出及支付的期票和欠款太多了。其实我早就有所觉察,只不过没有兴趣和他们认真计较,既然问题已发展到这么严重的地步,我要协助你们深入地追查,这也是为了伸张正义和报答你们。"

老人像大象那样眯着眼睛笑道。从客厅的玻璃窗可以瞭望大东京一带的房子,如果仔细看,大概也能看到明和化成和大和物产办公处所在的新东京大楼吧。

"今天因为有风,可以眺望到比较远的地方。平时这一带空气不好,尤其是冬天烟雾弥漫,实在令我想逃到郊外空气新鲜的地方去,只是由于住惯了这家饭店,才没有搬走。"

大川说道。在他背后,《大六法全书》和有关的法律书籍仿佛是他的护身铠甲似的,书名上的烫金字在闪闪发光。

一个月后,N饭店的例行聚会。

"已从保管股份的各亲戚手中得到了委托我们当代表的委托书,我们也得到了大川老人的支持,尤其我们还掌握敌人相当多的违法证据。一星期后,明和化成的股东总会即将召开,向最大的仇敌发起直接攻击的时刻终于来到了。"

"这样一来,我们的面目势必暴露在敌人的面前。过去,我们是隐蔽着把敌人一个一个干掉的,如今他们看清了我们的面目以后,一定要对我们进行猛烈的反击。这将是一场殊死的搏斗,不是你吃掉我,就是我吃掉你。"

"所以,今后我们更应紧密合作,同心协力。山路,拜托了,弘子,努力吧!"

四个人紧紧地握着手。

第十六章 股东总会

一

 五月二十一日，明和化成公司的定期股东总会在新东京大楼九层的大会场举行。毕竟是一流大公司，出席股东会的股东将近七百人，把偌大的会场挤得满满的。

 久未露面的大川威也出席了总会。他拿着拥有近六百万股股份的美马家族委托他作代表的委任书。委任书是美马庆一郎经过一番周折从他的家族成员中争取来的，他又委托给大川威。

 黑木总经理看到秃头的大川手中拿着一张委任书，竭力忍住心中的不安。公司没有忘记对他的"定期问候"，分红也丝毫未减，他没有什么理由和公司过不去。黑木主持会议，站起来说道：

 "我是明和化成公司总经理黑木一郎。有劳诸位在百忙之际，出席总会。根据公司章程，我被指定为本届会议主席，请诸位多关照。我现在宣布本公司第××届定期股东总会开始。首先，由总务部长向诸位汇报出席本届总会股东人数和表决权个数。"

总务部长作了例行的汇报以后,黑木又站起来说道:

"根据刚才总务部长的汇报,本总会的召开是合法的。在审议说案之前,我向大家汇报有关企业经营情况和决算概要。"

黑木讲话之后,负责审查议案的冈本站了起来。总会即将通过第一号议寒,即对借贷对照表等会计账目的审查报告。

"我是审查委员冈本,我代表全体审查委员向总会汇报审查结果。我们对本年度的借贷对照表、营业报告、损益计算书、利益金分配帐等会计账目进行了详细审查,确认上述所有账目符合商法,没有问题……"

冈本报省毕,公司所收买的总会屋和老实的股东们鼓掌。

这样,第一号议案就算通过了。

总会呈现出以往那种和平的气氛,此时,谁也意料不到会发生混乱。

马上要通过第二号议案了。

就在黑木总经理站起来时,突然会场后面座位上有人喊道:"我有异议!"是大川威,他带来了携带式电麦克风。

顿时,会场上气氛紧张起来。

"我想对刚才的决算报告提出疑问。根据报告,本年度了半年的营业额一百八十二亿八千六百万元,其中赊款就占一百一十亿四千三百万元,而往,上述营业额的一半九十一亿五千万元是把货卖给子公司名城建设公司得来的。具体说,从去年十一月一日至今年四月三十日的六个月中,一半的营业额来自子公司,而且,全部营业额的百分之九十以上是一时取不回来的赊款和兑现期限不明的期票。"

瞬间,整个会场寂静下来,旋即大哗。公司收买的总会屋们大喊:

"你胡说!"

"老糊涂!"

"该死的老家伙,说什么呢!"

但是,他们的呐喊被大川派更有力的吼声压下去:

"别吵了,安静听讲!"

"请说下去!"

大川扫了一眼已暗地布满会场各处的喽啰,满意地笑了笑,接着说道:

"在这里,我们不得不怀疑,明和化成的赊款是虚构的,公司为了通过虚构的赊款以谋取利益,对名城建设采取强制性出售。"

会场中,明和派对大川的讲话发出嘘嘘的喝倒彩声,但与大川的电麦克风相比,微弱得如同蚊子叫。

"本年度四月末,名城建设从明和化成购买货物的贷款额与去年同期相比增加了两倍多。可是,这所增加的近七十二亿元的货物都原封不动地放在仓库里。按过去五年的平均年购货量算,名城建设今年四月末的年间预定购货款约为六十一亿元,这比后来实际购货款的一百三十二亿八千万元少七十二忆八千万元。而今年度四月末,名城建设的库存恰恰比七十二亿八千万元略多一点。由此,我们不得不认为这些库存货物是明和化成对名城建设强制出售的。"

毕竟是大川威,论述起来,滴水不漏,很快地使所有与会者屏声静气,听他发言。明和派的总会屋已经沉默下来,整个会场被大川控制了。

黑木总经理等明和公司头面人物,脸色苍白,对大川威的发难束手无策。

他们后悔不迭。

如果事先预料到这种场面，就应该争取更多更有势力的总会屋才对。

由于至今历次总会都开得很顺利，因而他们疏忽大意了，致使自己在这次会上处于毫无防范的状态。

的确，公司为了掩盖因引进低压聚乙烯技术所造成的亏损，而对子公司名城建设进行了强制性出售。但是公司有信心在一两年内弥补上亏损。再说，虚报营业额是许多公司所常采用的掩盖窘境的手段。另外，他们以为账目上被发现问题时，由于平时的"定期关照"，总会屋们会保持缄默，偶尔有不识时务的股东提出质疑，总会屋也会出来圆场，以免公司尴尬。因而，他们绝没料到现在遭到如此沉重的打击。

大川的进攻宛如"偷袭珍珠港"，他携带着电麦克风，也是绝妙的战术。

大川继续演说：

"而且，公司在今年二月末，决定增加三分之一的资金。请问，公司果然取得了这么大的效益吗？前年从美国Ｓ公司购买了低压聚乙烯技术，据说这家公司技术部对这项技术还没有把握，就转手卖出了。可能就因为如此，被认为是此设备心脏部位的聚合锅，发生了漏压现象，不能按计划合成乙烯碳化氢。虽说经过不断改造终于在去年试制成功，但效益甚微，至今不过二亿八千万元，仅占盈利总额的百分之二点五。反之，进口高压聚乙烯的住菱油化公司，年间所获利益高达二十亿元，占其总营业额的百分之二十。相比之下，我们远远落后。可以怀疑，公司干部为了掩盖其失策，故意制造取得了高效益增加资本的骗局。在此，我希望公司经营干部做出明确而有诚意的回答，以解除我的疑虑。"

大川提高嗓门说了最后几句后，结束了演说。他坐下时，会场响起了波涛般的掌声和吼声。而公司领导象变成了化石，坐着一动不动。

美马等四人站在一群小股东中间，注视着这一场面，不愧是大川威，在短短的时间内掌握了他们几年来无法探听到的公司经营方面的内部情报。

黑木总经理站了起来。他脸色苍白，作为公司领导班子的代表，他必须说几句话。

"今年，向名城建设赊款出售比往年多，这是事实。

但是，虽是本公司的子公司，名城建设在经济上是独立核算的。此次，之所以增加了对该公司的出售额，是因为该公司扩大了贩卖网。"

顿时，台下大川派发出倒彩声。黑木对自己的答辩也并不满意，但此刻被如此穷追猛打，他作为明和公司的代表人必须表个态。黑木勉强地讲完最后一句话：

"第××号股东的发言纯属捏造，毫无根据，我认为他的讲话已构成妨害业务罪和诽谤罪。"

黑木刚坐下，大川立刻站起来：

"刚才总经理的答辩是无法让人信服的。无论任何母子公司，都是采取独立经济核算。说名城建设公司扩大贩卖网，可是，名城建设在这一年内进货量比往年增加一倍，然而毫无迹象表明，它相应地扩大了贩卖网。退一步说，就算总经理的话属实，那么，一个公司竟把年出售货物的一半卖给子公司，这道还不足以说明公司经营的无能或懒惰吗？对因进口低压聚乙烯技术而给股东带来的损害，公司是无法逃脱责任的。是无法狡辩的。在此，我除要求公司干部全部辞职以外，还认为他们的行为已构成特别渎职罪和违法分红罪。我要对他们提出控诉。"

大川话毕，全场又响起掌声和喝彩声，不管会议主席如何要求肃静也毫无效果。会场一片混乱。明和一派被驳得体无完肤。但是，大川手中还有一张王牌没有甩出，那就是大和、明和间的非法账外贷款关系。大川是故意留一手的，那是为了避免打草惊蛇，惊动大和物产。

这一天，总会没有按时结束，决定延期。

二

当天夜里，黑木总经理召集心腹董事和审查委员，商量善后对策。但是毫无结果，白浪费了时间。

黑木总经理用血红的眼睛扫了扫心腹干部们：

"从大川的发言可以看出，他相当了解我们的内情。今天我们借口延期会议而逃脱他们的追究，但明天的会怎么办？"

"不管如何，我们过去不得不对名城建设进行强制出售，公司因市场萧条，营业额下降，为了维持信用而虚报了盈利，这不会被打成特别渎职罪的。"

冈本审查委员说道。

"即便这样，恐怕也难逃违法分红的责任。"

"那没办法。因为对手是大川。和那些流氓总会屋不一样。他当然查看了有价证券报告书。在明天的会上，大概会揭发我们为维持本年度的一成利益分配而以赤字申报法人所得税一事吧。这样我们可能被指控犯有违法分配罪。但比起特别渎职罪，违法分配的罪责较运。这种时候，我们与其完全装糊涂，倒不如努力做些减轻我们责任的工作，这才是上策。"

"我们不能一下子就认输，我们要雇用更有势力的股东代表，来击垮对方。"

饭岛常务建议采取强硬措施。

"你大概不了解大川威的实力,大川威不是普通的总会屋。他神通广大,既和政界有联系,又和流氓集团有联系,在总会屋中,没有人能与他相匹敌。总之,我们遇到了难对付的对手了。幸亏他好像还不知道我们和大和物产的非法贷借款关系。我们丢了明和但还有名城建设这块阵地,即使明天以违法分红罪被迫辞职,我们也能活下去。"

白鸟专务建议采取慎重态度。

想不出好主意,与会者都陷入深深的沉默之中。

"可是,"白鸟又开口说道,"将表决权委托给大川的股东中,有四个人姓美马,都是拥有一百万股以上股份的大股东。他们究竟是什么人?"

"不知道!"

黑木不耐烦地回答,他甚至还不知道姓美马的其中之一美马庆一郎是明和的职员呢。

在这里,美马他们交换复仇方法起了特有的效果。黑木只顾考虑明天的会议,忽略了白鸟的提问。

在黑木看来,问题不在于股东,而在于被委任充当股东代表的人。

第二天,明和化成股东总会依然乱糟糟的,但令人不可思议的是大川没有抛出他肯定知道的明和公司以赤字申报法人所得税问题,这样,他就不能给明和的经营干部们以决定性打击。他要求解散董事会的建议,仅以几票之差被否决,因而他无法根据商法二百五十条第三项向法院提出解除明和经营干部职务的起诉。

黑木得以苟延残喘。但他怀疑在最后放松了对自己打击的大川另有所谋,所以惶惶然不可终日。

翌日起，明和化成的股票价格一再下跌。

总会屋的"头领"大川威"盯"上了明和化成的消息，使许多公司的干部感到不安，因为他们的决算报告上多少也有问题。

四、五、六、七月，决算完毕的所有公司都召开总会。那些心怀鬼胎的各公司干部，当他们确认大川威不出席他们的会议时，都不禁松了一口气。

自明和化成总会以后，大川威突然不露面了，到了六月份，各家公司干部紧张的心情都松懈下来了。

决定在七月二十日召开总会的大和物产自明和总会以来，一直注视着大川的动向，看到大川一点儿动静也没有，便心情乐观地筹备会议了。

"恐怕是明和忘记对大川的'定期问候'了。"

出于这种简单的推测，大和物产对以大川为首的总会屋仅仅是增加了问候礼，而没有特别的防备。

三

"明天就是大和的总会了。你们瞧着吧，我要狠狠地搞他们一下。"

大川红光满面，像年轻人一样兴奋地笑道。这里是他的大本营都市中心饭店一室，室内坐着名城他们四人。

"这次有名城君掌握的详细情报，因而可能给大和以沉重的打击，上次明和的总会上，由于你们的劝说，在关键地方我饶了他们一下，怪可惜的。其实在当时，让美马君当上明和的常务董事是轻而易举的。"

"不，我们现在还不想加入他们那一群中，我们要在外部对付他们。"

"明天的总会上，一旦我的发言触及他们非法贷的事，就捅到了马蜂窝。你们可要提防他们呀，因为我拿着名城家族的委任书，敌人就会发现你们了。"

大川提醒说道。其实名城他们已经意识到这一点。

"我们是故意把自己的庐山真面目暴露在敌人面前。看来，黑木和入九的背后，还有个更大的人物。我们正是为了尽快揭开黑幕才从暗处走到明处。"

名城说道。

"把委任书中名城的姓去掉，就不会让敌人看出你了。当然，你说的也有道理，亮出自己的面目，更能看清敌人的动向。可是，他们有庞大的组织和无数的金钱，条件有利，他们会采用种种卑劣的手段对付你们的，你们要多加小心呢。"

大川说道。人被逼到毫无办法时，最容易采取暴力手段对付对方。该准备应付敌人的暴力行为了。他们感觉到和敌人短兵相接，和敌人进行肉搏的时刻来到了。

七月二十日上午十时，大和物产的定期股东总会在中心饭店大宴会厅"芙蓉馆"内正式举行。

出席总会的人数约一千名。当主持总会的人看到手持委任书的大川在五十几个喽啰的跟随下出现时，不禁大惊失色。

大和公司方面的总会屋们和一般的股东也都面露不安之色，会场内充满一种紧张气氛。

会议主席按时在十时宣布开会。按照会议程序，有关人员作了决算报告、业务报告和营业方针报告，接着，预料之中的时刻到了：

"××号股东有异议。"

在满堂听众的注视下,体型肥胖的大川威摇摇晃晃地站了起来。

"刚才的所有报告实在太妙了。哪一个报告都说明,在经营方面,公司取得了越来越大的业绩,法定的偿还也在有条不紊地进行着,他们的工作可谓无懈可击。"

大川挖苦了一通后,停住话。整个会场鸦雀无声,是一种疾风暴雨前的可怕平静。

"可是,在高达七百三十亿八千万元的营业额中,竟有二百四十五亿是虚假的!根据商品交易中的原则,所谓的营业额不是合同上的数字,而应是已转交给买方的商品的价格。可是公司干部把刚刚订货的商品也列在已出售的商品之到。上述订货,大都是通过口头或电话,不是通过订货单,这种订货能否成交,还是个问题。实际上,上述二百四十五亿元的货物,还未生产出来,或已生产出来却躺在公司仓库里呢!"

会场上一片混乱,但很快被对大川的声援所取代。

"实际上,公司虚报营业额的做法是十分拙劣的。我们不需要任何其他证据,只要将公司营业额总账和仓库存货单对照比较一下,就会一目了然。不仅如此,诸位,请你们看一看贷借对照表中资产一栏有关接受期票一项吧!接受的期票额高达二百四十亿七千万元,其中已贴现的还不到三十亿元。这样,期票款额与营业额比较起来,不是太多了吗?"

顿时,财务部长姿的脸变得苍白,嘴唇哆嗦起来。

"以上事实,是大和物产财务部的一位工作人员提供的。据他说,从几年前开始,大和物产经营干部就向明和化成提供非法贷款。他们让明和化成开出期限为三至六个月的期票,以和高利贷相差无几的高达二十分至二十五分的日贴息给以贴现,他们收取了如此之多的日贴息,而记到账目上的却是二分三厘的银行日贴息。这样一来，十七分七厘就变成帐外利息，全部流入一部分干部的腰包。三个月一共贴现了三十亿的期票，计算结果，他们侵吞了帐外暗利四亿八千万元。而且期票到期后，债务者明和化成无力偿还，于是再延期，大和物产以利滚利，得到更多的帐外暗利。这样，几年来，他们侵吞了几十亿元的暗利。总之，他们虚报营业额，欺骗善良的股东们；他们将公款抱自借给其他公司，侵吞高额利息，他们实在是可恶的寄生虫！我作为一个视公司为家的股东，斗胆弹劾腐败的公司干部，强烈要求整顿经营管理！"

　　会场响起雷鸣般的掌声和喊声。公司领导只好咬定说上述发言毫无事实根据，但看到大川抛出营业额账本和仓库存货单的影印件时，他们哑口无言了。大和方面彻底地败阵了。不，与其说是失败，倒不如说是在战斗之前就已预料到的结果。

　　名城几年来潜入敌人内部所掌握的可靠情报，被有实力的大川派作为武器，投向大和物产公司，公司毫无招架之功了。

第十七章 螳螂的真面目

一

"究竟是谁把公司的绝密数字告诉给大川,以致他在总会上突然地抛出这些数字,使我们狼狈不堪,无法争辩。大川所说的那位财务部职员是谁?马上给我调查出来!"

中冈总经理情绪激动地喊道。

"大概就是他!"

姿财务部长想道。他不由得狠狠地咬着嘴唇,以至咬出血来。

名城健作——对,一定是他。把总共八百万股股份的议决权委托给大川的股东中,虽然没有名城健作,但三个人都姓名城。这绝非偶然,他们定是名城健作的同族。比起别人来,姿对名城健作加倍的关照,让他掌握了公司机密的财政数字,可是万没想到,他原是个叛徒。此刻,姿觉得自己就像被驯养的狗重重地咬了一口,像被自己人从背后捅了一刀,他悲愤得紧闭嘴唇,说不出话来。此刻他无法冷静地思考,自己如此信任关照的名城为什么要背叛自己。

"但是,所谓账外贷款的事,我却毫无所知,姿部长,这是事实吗?"

"是事实。为得到暗利,我不得不这样做!"

"那么,这笔利息在娜儿?"

"作为补偿专款和救灾专款留下来了。在库出售主要是食品部搞的,最近,食品部的经营不景气,光靠从前的账外暗利已无法弥补赤字,事实上,由于在库出售的增大,上述专款相当多被充当为营业额了。"

姿说着身体直冒冷汗。

大和物产有两个经营单位:食品部和机械部。虽然同属一个公司,但是两个部门明争暗斗,很是激烈。最近,食品部由于经营上的不景气,更受到机械部的压制和排挤,因此食品部采取在库出售这种非常手段,与其说是应付股东,倒不如说是对付机械部。

然而,这件事在总会上被揭露出来,那就不光是食品部的问题了,而是关系到大和物产生死存亡的问题。

原来是食品部一派的中冈总经理,当姿告诉他,账外贷款是为了帮食品部度过萧条时,再也不能说什么了。

"但是,这么大金额的贷款,为什么事先不告诉我呢?"

总经理事先竟不知道如此大事,真是对他的极大的讽刺。

"总经理,是老总经理委托我不经报告可以全权处理财务事务的,这次,我们因内部出了奸细,被大川狠狠咬了一口,但不管怎样说,大和物产仍是一个家族的公司。从今天他们的委托书推定,对方所拥有的股份还不到公司全部股份的二十分之一,因而,如发生万一,我们仍可利用拥有多数股份的优势压倒他们。"

听姿这样讲后，不知辛苦为何物的第二代少爷总经理无话可答了。

"那么，会受到草香猛烈的攻击吗？"

草香是负责机械部的常务董事。在中冈总经理看来，比起公司外的股东来，草香就像要侵吞主人家产的家臣一样，更如令人惧怕。草香在公司内正不断地巩固自己的地盘，扩大自己的势力。本来，作为公司机关领导成员的董事是不允许购买本公司股票的，可是有迹象表明，草香以他人名义暗地购买了本公司大量股票。

"贷款给明和，已经私下征得草香专务的同意。但他不知道，账外贷款得到的暗利是用来挽救食品部危机的。"

傀儡总经理终于表现出放心的神情，但是他并没意识到这样一件事：姿在对他撒谎，所谓用于食品部的款项，机械部也照样使用，而且说不定是全部用于机械部的。

二

与此同时，嫁到黑木家的姿的女儿理沙子，在 R 大医院生下了一个婴儿，但是理沙子没有得到医生、护士们所应该表示的祝贺，分娩室内笼罩着一种苦闷沉默气氛，医生的脸上明显地表现出不是因疲劳而引起的难过的表情。

理沙子那种经剧烈阵痛产出新生命后才能享受的舒适的恬静心情被一种深深的不安所取代。她向医生和护士询问有关婴儿的情况时，他们总是含糊其辞地说道："出院时再告诉您。"没有一个人来探望她。几天后，理沙子终于知道新生的婴儿患了一种可怕的疾病：先天性梅毒。

这个不幸的小生命，在娘胎里就受到了梅毒病毒的"洗礼"。

体重仅二点六公斤，比标准体重少零点四公斤。发育不良。虽则刚来到这个世界，但嘴唇旁像老人似的分布着放射线状的皱纹，脸部像干瘪的老人，全身起着梅毒性水泡。

"把脚抬起来就哭，这是因为骨头也受到梅毒病毒的侵蚀而下肢麻痹了。"

医生指着这个每当被护士提起脚来换尿布时一定哭泣不止的婴儿毫无感惜地说。

"太太身上的梅毒已经相当严重了。同样，这种病在您丈夫身上估计也是二期或三期吧，因而，我们除了决定让您继续留在医院内治疗以外，还请您的丈夫赶快进行治疗。因为在潜伏期，患者虽然感觉不到明显的症状，但他的脑和神经正在受到侵蚀呢。当务之急，不是去追根调查感染源，而是尽力治疗。"

这同时，在同一医院的门诊特别治疗室内，黑木正武脸色苍白地大声喊道：

"畜生！装出一副温顺的面孔，竟然患有梅毒！骗了我三年，把病传染给我还不够，还传给了我的第一个孩子！"

又过了几天。尽管采用现代先进的医学技术全力抢救，新生婴扎还是夭折了，他只呼吸了不足半个月的人世间的空气。

还来不及起名字的这个婴儿，被无情的梅毒病吞噬了他幼小的生命。理沙子和正武痛哭流涕。

理沙子心中充满了悲痛。而正武心中除了悲伤之外，还燃烧着火一般的愤怒，这是被最亲爱的人所欺骗而产生的愤怒。

大约十天之后。午休时，外出兜风的名城建设的经理黑木正武用专用汽车买了满满一车炊帚回到公司。他对面露困惑之色的秘书科科员们命令道：

"把炊帚分给全公司所有职员,让他们擦桌子。"

第二天午饭时,附近饭馆送来两百份咖喱饭和中国汤面。但谁也不记得预订过,职员们无不瞠目结舌。

后来经多方调查,才知是黑木经理直接用电话订购的。

"经理最近好像精神不正常吧?"

公司内到处流传这样的话。就在这时,黑木又干出一件耸人听闻的事。

三天之后的星期六。将近中午时分,因为是上半天班,职员们都准备回家了,就在这时,他们突然看到经理办公室卷起白色烟雾,不禁大惊失色!

"哎呀!"以为是失火的公司职员慌忙跑到经理办公室,看到的却是这样的情景:黑木经理把书籍和文件高高地堆在办公室中间,"在不完全燃烧的弥漫的烟雾中,把手放在火上烤着,傻笑着喊道:"烤火啊!烤火啊!"

室外,八月炎热的太阳普照。职员们意识到:黑木经理完全疯了。

八月下旬,理沙子离婚回到父亲姿家。姿根本没想到自己女儿是梅毒感染源,从中间人那儿听到离婚的理由时,怒不可遏。

"要是因其他理由离婚,还有话可说。可是竟胡说理沙子把梅毒带到他家!作为一手把女儿培养成人的父亲,我最知道理沙子不是那样的女人!这不仅关系到理沙子的名誉,也是对姿家族的侮辱。"

他决定在法庭上和黑木家决一输赢。

理沙子心里很清楚是由于自己和名城健作的那一次关系而染上梅毒的,于是她哭着哀求父亲道:

"爸爸，我求求您别这样！都是我不好，您不要再吵了！"

"理沙子，你说什么？是爸爸辛辛苦苦把你培养成人的。他把梅毒传染给你，造成我第一个外孙的夭折，明明是他的罪过，却反诬你把梅毒带到他家。我忍受不了。这已经不是理沙子你个人的问题了，而是有关姿家名誉的问题。"

姿不听女儿的哀求，以黑木正武犯伤害罪向法庭提起诉讼。

同法律事务所商量完委托有关诉讼的事宜，回到家后，姿发现理沙子服了大量安眠药。她昏睡不醒，经医院奋力抢救也没有使她再醒过来。四十个小时后，理沙子步她的新生儿的后尘，静静地死去了。

按着理沙子脉搏的医生深深地叹了口气，把她的手腕轻轻地放进被子里，然后望着姿摇摇头。

翌日，姿财务部长出示了明和化成开出的高达四十亿以上的所有期票，要求将这些期票向债务者明和化成兑换成现款。

八月二十五日早，明和化成负责财务的冈田常务董事脸色苍白地跑到总经理办公室。平日冷静温和的冈田，此刻慌慌张张，神色不安。

"究竟发生了什么事？"

刚来上班的黑木一郎正呷着梶村弘子新沏的茶，浏览晨报。

"总经理，一件大事！大和物产已经出示我们向它借贷开出的四十亿元的期票，我刚刚接到大东京银行通知。说我们存款不足。"

"什么？！"

杯子从黑木手里掉下来，茶水顺着报纸流到他膝盖上，烫得他皱着眉头呻吟了一声。四十亿元的期票到期，他是知道的，但是他已经和姿达成协议，将上述到期的期票作为延期期票，延期支付现款。可是现在，大和物产竟单方违背协议。

"混蛋！被暗算了。"

黑木想站起来，但浑身无力，两腿直打哆嗦。

"总经理，怎么办？是四十亿的巨款，没有地方能借到这么巨额的款子呀。"

"求求大东京银行帮我们兑现这些期票。"

"不行了，在上次总会上被大川揭发对名城建设强行出售的问题后，银行就不贷款给我们了。"

黑木叹了口气。他转动眼睛向四周扫了一下，仿佛被追赶的老鼠在寻找逃路。

梶村弘子目光冷酷地看着黑木的可怜相，就像看着一头被当作实验的动物。

当天下午，明和化成宣布拒付四十亿元。好不容易才保住额面的股票，在午后一下子跌落到二十五元。

三

当天夜晚，黑木总经理在赤坂饭店的一个房间，会见一某一个人物。

"队长，你们今天的做法太过份了吧？"

黑木责问他。被黑木称为队长的人回答：

"实在对不起，我也没有想到姿竟采取这样断然的行动。不过，黑木，你也不像话呀，在这样关键的时刻，把姿的女儿打发回家。在资本主义的企业界的斗争中，可不能感情用事啊。"

"请原谅，是我儿子不好，赶她走的。不过，既然如此，您看怎样处理善后呢？"

"是这样。既然事情已经发展到如此严重的地步，你还是退出明和为好。在大川他们提出要求解除你职务的要求之前，你离开明和，到名城建设去吧。你如果死死地抱着明和公司总经理的交椅不放，被人捅到地方检察厅，那就悔之莫及了。你的后任由桑畑担任，善后问题，由我想办法。在这非常时期，弄不好，大和和明和的非法贷借问题被人知道了，那局面就不好收拾了。"

"四十亿元，您一个星期就能解决吗？"

"你别小看我的力量。我会对姿施加压力的。如果对你们的事置之不理，股东们就会告你违反了商法和会计法，岂但如此，你还可能以特别渎职罪而遭逮捕。"

"请您不要吓唬我！"

"不是吓唬你呀，你的敌人是大川，那是个很不好对付的家伙。"

队长说到这里，以冷冷的目光注视着黑木，然后说道：

"可是，令人深思的是大川，只是和大和、明和作对。从四月份到七月份，开总会的公司超过一百家，其中，弄虚作假甚于大和、明和两公司的不在少数，大川为什么单选中大和、明和两家呢？你不觉得奇怪吗？"

"……"

"我已经感觉出大川背后有根线在操纵他，那就是委任书。在明和公司委托大川的股东有三四个人姓美马，在大和公司委托的股东也有三四个人姓名城。后来，我经过进一步调查了解，得知委托大川的部是美马、名城两家族的人，对于明和、大和来说，美马名城——黑木，你难道还不会联想到什么吗？"

"储气罐爆炸事件和毒牛乳事件……"

黑木吃惊地说道。

"是的！他们是在复仇。知道了这一点，几年来两个公司连续发生的几大事件之谜，就能解开了。首先回顾一下大和物产吧，昭和三十七年十一月，分并学和小柳圭子两人在波久礼峡谷摔死，被认为是殉情，成为被女方抛弃的男人强迫女方一起自杀的事件。现在看来，他们是被害死的。再回顾一下明和吧，同年七月，你的二儿子在穗高遇难之后，即三年前的十一月，黑森盗窃了二亿元现款失踪。这两亿元恐怕成了那些家伙的活动基金，而黑森的尸体，大概已被抛到什么山谷或海底而腐烂了，乍一看，这是些毫无联系的事件，现在，冷静地回忆一下，它们都被一条线成贯穿，那就是：被害人和失踪的人无一不是与储气罐爆炸事件和毒牛奶事件有关系的人，难道不是这样吗？"

经这个人一解释，黑木觉得仿佛几年来挡住自己眼睛的迷雾正在逐渐消散。以前发生的几个事件的真相正在现出轮廓。

"这些家伙正在向我们步步紧逼而来，黑木你可要警惕。大川为什么如此卖力地帮助他们，有待于调查，但一点很清楚，大川不是金钱可以收买的人。正因为如此，事情才可怕。不过，由于他们暴露了庐山真面目，我们就不难打败他们了，因为我们有金钱，有强大的组织。他们能够在暗中把我们搞得如此狼狈，令人佩服，可惜的是，他们过早地暴露了自己的身份。"

这个人哈哈地笑着，露出了桃红色牙床，这使他那本来就是凶狠的表情更添上了狡诈。

"他们是谁呀？"

"还不知道？你长期踞坐在总经理的椅子上，变得相当昏聩。告诉你，其中一人就是贵公司总务科的美马庆一郎。"

黑木轻轻地惊叫一声，那个每天送邮件到办公室的脸色苍白的青年好像就叫美马庆一郎。

"另一个人是大和财务部的名城健作。这两个人就是过去事故中死去的美马部长和名城总经理的长子。他们都加入了对方的公司，进行交换复仇，交换的意义十分明确：在我们蒙在鼓里的时候，松井、小柳和黑森相继死去，你的次子也被惨杀。而且，等我们意识到的时候，我们企业的问题已经彻底地被捅出来，以至你将失去公司总经理的位置。我应该更早看清他们，这是一群可怕的螳螂。该让他们马上收场了，从明天开始，让他们看看对于他们的复仇，我又是怎样进行报复的。

同一时刻，在都市中心饭店的一室，美马他们四个人围着大川。

"明天，我们就要向法庭告发明和以黑木为首的干部违反商法罪了，真有意思！那些家伙，除了在决算的账目上弄虚作假之外，还拒付期票，看来他们是没指望了。"

大川扫了四个年轻人一眼，满意地笑了。

"黑木惨败了。但是，大和仍很强硬，大和尽管由于派系之争和食品部的萧条，以至不得不在营业额数字上掺假，但还有大量过去的账外资产。我们不妨揭发大和的非法贷款，但还不能置姿于死地，因为我们不能光凭他们在一期、二期帐目上的问题就能起诉他们犯了特别渎职罪。犯有特别渎职罪者必须是具有所谓'图利加害'的目的，即为了自己或别人获得利益，而不惜损害公司的利益。但目前还拿不出证据证明姿怀有这种目的。他若坚持说是为了维持公司的信用，也很容易得到法庭的承认，他充其量只是犯了违法分红即动用资本分红的过错。总之，他们因拥有大量的股份而有强大的势力。但他们还不知道，我现在代表的仅仅是名城家族的部分股份，如果集中名城家族所有股份的议决权，我就能一举推荐名城君进董事会！"

"可是，那非法贷款，是姿的主意吗？"

名城问道。他虽然打进了公司的财务部，对此问题进行了多方探听，但毫无结果。

"我也不知道。从他在公司的实力来看，有可能是他的主意，但又不像是他的主意。账外利益究竟流到什么地方去了，必须调查清楚！中冈总经理是傀儡，而入九是一个颇有势力和才干的人，姿和入九勾结在一起，究竟搞了些什么名堂？有待调查。不过，他们现在注意上你了，你可要小心谨慎呀。"

大川担心地望着几个年轻人。通过几个月的接触，他已经喜欢上了他们。

对大川来说，他的协助已不仅仅是报答救命之恩和维护社会正义，而是因为喜欢上了他们，出于感情，才不顾年老，竭诚相助的。

第十八章　报复行动

一

九月初的一个雨夜，美马和名城到都市中心饭店拜访大川以后，走出大门，想从饭店门前的人行横道走到停车场。马路上，一辆从辨庆桥方向开来的皇冠小轿车看到他们后，就在人行横道旁边停下来，司机在车窗里举手示意让他们先行。

两人轻轻地向司机招手表示感谢以后，美马在前，名城在后，小跑着走上了人行横道。这时，停住不动的皇冠车后面，一辆满载沙石的大型翻斗车迅猛地驶了过来。美马两人判断这辆大卡车必然要在皇冠车后面停下，于是，毫不留意地走到了皇冠车的前面。

突如其来的事发生了：大卡车不仅没有停下，反而猛然加速向皇冠小轿车的尾部撞去，随着撞击声，卡车那疯狂的速度完全"传导"给皇冠车，皇冠车向美马跳腾着撞去。

"危险！"

名城大喊一声，不顾一切地把美马用力向前一推，接着自己也飞快地向后一闪。

瞬间，皇冠小轿车在眼前飞驰而过，翻斗卡车仿佛追赶它似的，向着麴町四丁目十字路方向驰去。

他们还没来得及看到汽车牌照号码，两辆车已经溶进了黑暗的夜色之中。

"美马，不要紧吧？"

名城跑到倒在人行横道另一侧的美马跟前，问道。

"没关系，只是膝盖摔了一下。"

美马皱紧眉头想站起身。

"喂，不要勉强。"

名城搀着他爬起来。

"可是，那些家伙，要干什么呢？如果不是你推我一把，现在我就见上帝去了。"

美马深深地喘了一口气，低声说道。突然，他露出一种恍然大悟的表情看着名城。顿时，名城也明白了：

"这么说，他们真动手了！"

"是的，肯定是敌人派来的刺客！"

"他们可真狡猾呀，不直接撞，而用两台车重叠一起撞。"

"这样一来，前一辆车当然无罪，后一辆卡车如果借口说没看见前面发生的事，充其量被认为过失伤人致死。"

两人惊恐万分的同时，对敌人采用如此巧妙的手段不禁嗟叹不已。若直接撞死了人，不管如何辩解，警方也要严厉追查，凶手容易露出破绽。

可是，像这样利用撞击的惯性来杀人，只要不能证明两部汽车的司机属于同谋，要判定卡车司机故意杀人是非常困难的。

前面的车如果没有踩住制动器，那么，即便被撞，车体也不会受到严重损坏，甚至，在两车相撞的前一瞬间，前面的车还可以突然发动起来去撞死行人，而后伪装成被卡车撞得却此。

凶手怀着明显的动机杀人，而后又能以有力的借口伪装成过失犯罪，以逃避应有的惩罚。故意杀人与过失杀人，在量刑上区别是很大的。

美马、名城终于亲自领教了敌人煞费苦心设计的阴谋。

敌人的攻击仍在继续，他们没有罢休！

过了两天，在N饭店的例行聚会后，四人决定去外面吃顿饭。于是，把车留在停车场后，步行上街了。

他们有好长时间没在一起吃饭了。

饭店前，人行横道的信号灯是红色的。他们停住脚步等候。眼前，出租汽车穿梭般地驰过、饭店、酒吧开门的时间，正是出租汽车司机挣钱的时候。

"等会儿绿灯亮了，我们走过去时，即使汽车停下了，也要注意后面仍在行驶的汽车，可不能掉以轻心呀！"

在上次事故中膝盖受伤尚未痊愈的美马，提醒山路和弘子道。

四人并肩站在马路边上。

一辆黑色皇冠小轿车以每小时59公里的速度沿着马路边缘驰了过来。这辆车的式样和颜色与前次那辆皇冠汽车完全不同，但在美马的脑海中突然掠过一种不祥的预感。当皇冠车就要驶到四人面前时，美马蓦地看到车里有一条闪闪发光的金属。

"危险，快弯下腰！"

随着美马的喊声，从皇冠车里伸出的那条闪着白光的金属在四人头顶上呼啸而过。

当他们意识到那是日本刀时，皇冠车已经混入其他无数的闪着尾灯的汽车中。

"好险呀！"

站在皇冠车驶来方向一边第一个的是弘子,她吓得说不出话来了。

刚才,若不是被名城一把抱住按俯下头,还直直地站在那里的话,弘子将第一个被以惊人速度飞来的利刃砍断颈动脉。

在杀人的同时,凶手和凶器能够一下消失得无影无踪。突然血花飞溅而倒下的四个人和像烟雾一样逃遁的凶手、凶器,这样的案件将使搜查当局束手无策陷入困境。

即便凶器相当原始,但手段极为巧妙。也可进行万无一失的犯罪。

用短刀或手枪杀人,如果手段不高明,结果是留下尸体,被发现凶器。凶手因杀人而付出的代价将是上断头台。简单的犯罪表明凶手是愚蠢的。

"这次我们碰到的对手非同一般。他们从最初开始就煞费苦心地去钻法律的空子,采用科学的方法。不知以后还会耍出什么花招?他们比大川所告诫我们的更可怕。以后,我们应避免单独外出,尽可能地四人一起行动。"

美马嘱咐道。

二

三人在大川的劝告下,决定搬到都市中心饭店里住。山路尚未被敌人发觉,所以他暂时仍独居另处。他们依次从名城——美马——弘子的公寓里把日常必需的行李取出,放进青鸟牌小汽车里和最近刚买的一辆新车的后箱里。

虽说没有什么大件行李,但去了三个公寓,搬完行李,打算回饭店时已经是黄昏了。世田谷通向市中心的公路上挤满了游玩归来的汽车。

边小心选择着道路边行驶的两辆汽车，不知不觉地拉开了约200米左右的间距。前一辆是新车，由名城驾驶，后一辆是青鸟牌小汽车，由美马驾驶，上面坐着弘子。

三个人谁也没注意到，不知何时，一辆大型普利姆斯牌汽车悄悄地插入他们两辆车中间。

在小田急线的千岁船桥和经堂之间，有一个无人铁道口。名城的车驶到这里，恰巧这时，由经堂发车的来自东京方向的一辆电气机车鸣响着汽笛开了过来。

名城必须在无人道口前等候列车通过。于是他放缓了车速。由于注意力集中在火车上，根本没留意后面紧紧甩随着的普利姆斯车。

名城在无人道口前正要停车时，普利姆斯车突然加大油门撞向名城车子的尾部。

这样，必然的结果是：名城驾驶的汽车被撞到正风驰电掣般开来的火车前方。小汽车与火车的距离只有二十米了，若火车时速八十公里，两车相撞只需一秒钟！在这千钧一发的时刻，名城猛然闭上眼睛，死劲踩下油门。他连换挡的时间也没有，而GTB2000的发动机并没有灭火，汽车以最高速冲过了道口。

接着的瞬间，名城汽车后部发出一阵凄厉的声响和强烈的闪光。

"完啦！"

名城绝望地闭紧双眼。过了一会儿，他才知道自己的车和身体都完好无损，这使他觉得一切都宛如在梦中。

然而，确实发生了事故。不知怎么，想要谋害名城的普利姆斯车自己却鬼使神差似地碰到电车上，立刻火焰腾腾，被撞出很远。

电气火车通过路口，又行驶了200米才停了下来。车头上冒出的火苗，大概是普利姆斯残骸上发出来的。

一个小时以后，三个人在都市中心饭店的一个房间内聚齐。他们仍然控制不住极度的兴奋。

"名城，刚才好险。"

美马说道。

"在离无人道口 100 米左右时，我们发现了那辆紧紧尾随你的普利姆斯，觉得很奇怪，就追了上去。当追到道口时，你的车已被撞到线路上。可是，我们可爱的对手，动手的时间稍早了一步，你极快速地冲到铁路线另一侧去了，看到这情景，我们就来了一个'以其人之道还治其人之身'。我这辆安有奥斯汀 2000 马力发动机的汽车真够棒的，根本没用怎么加速，就把那辆大型普利姆斯撞到铁路线上去了。而且，你的车阻挡在前面，他想逃也没处逃，只得听凭电车撞了上来。啊，那是多么壮观的礼花啊！"

美马得意非凡地笑着。

"普利姆斯里坐着两个人。明天的晨报有好戏瞧了。"

"不过，没有别的目击者吧？"

"无人道口，顾名思义是无人管理的。而且，我们迅速离开了现场，没问题。万一有谁看到也不怕，因为我们的车牌号运也已经换成假的了嘛。"

"对方反让我们干掉两个，他们的'报复行动'，恐怕会更加升级呢！"

名城的话使大家的表情变得紧张起来。

第十九章 黑幕队长

一

九月二十三日、明和化成召开临时股东总会。大川威凭着持有占已发行股票总数百分之三以上的股东的委任书，根据商法第二百三十七条，要求召集这次会议。

在这次会议上，大川成功地使美马当上了常务董事。一个过去连姓名也鲜为人知的微不足道的普通公司职员，摇身一变，身居要职，使明和公司的干部们大吃一惊。刮目相看。然而，这并不奇怪。资本主义的权力之争是以股票的持有数来决定胜负的，没有股份，即使是总经理那样的重要干部，也和酒吧间雇用的老板娘没有多大差别。所以，在不同情况下，昨日的普通职员甚至可以一跃而成为今日的总经理。

为大会事务奔走忙碌的总务科长等人，看到昨天还可以对他颐指气使的美马一下子成为常务董事，惶恐得连干活的力气也没有了，因为，他们害怕美马报复。然而，对美马来说，科长之辈是完全不足挂齿的。

美马成了常务的同时，黑木却失去了总经理的交椅。在会上，大川提出黑木必须辞职的要求，得到与会者三分之二以上多数股东的同意后，被接受了，桑畑副总经理升任总经理。

当天的会议，还根据有关法律做出决议：公司开始整顿重建。

这是一条旨在支持陷于困境而又有希望复兴的公司维持经营、谋求新生的法律。在这一法律适用期内，欠债人可以暂时不必处理债务。

黑木混进了名城建设公司。他虽然失去了明和总经理的职务，但摇身一变当上子公司名城建设的经理。

原名城建设公司经理黑木的长子正武因患梅毒卸任以后，经理的位置就一直空着。现在由被解除明和化成总经理的黑木充当。这一变动，是大约一个月以前黑木在赤坂饭店的一个房间会见的"那个人"早就安排好的。

九月二十九日，开始办理整顿重建手续后，为了审理主要债权者大和物产制订的整顿重建计划，东京地方裁判所召集了有关人员会议。

出席者有财务管理人、公司、债权者、股东、保证人等。大川作为美马的代理人，大和物产的入九、草香、姿英策作为主要债权者兼整顿重建计划的制订者参加了会议。

首先，制订者代表、大和的草香专务对计划草案进行了说明，接着，由裁判所听取出席者对此计划草案的意见。

最后，会议通过了大和制定的计划草案。

明和化成工会没有反对意见，其他的有关人员也未表示异议。

十月十八日，裁判所批准这一计划。

"被暗算了！"明和化成原总经理黑木一郎紧咬着嘴唇。

整顿结果，十二月一日，明和化成以大和物产化成部的名义重新成立，大和物产继承了原明和化成的一切权利和义务。所谓"草香提案"的这个计划，以重建为借口，实质是为了吞并明和化成的人。当天夜里大和物产财务部部长姿英策来到帕雷斯饭店的一室，拜访"那个人"。"那个人"对他说道：

"姿君，干得好啊。这下明和化成是我们的了。而且，再也不必害怕股东们批评非法贷款的事了。"

"可是，队长，"姿英策说道，"大川是很赞成您的合并提案的呀。"

"这，你还不明白吗？"

那人对姿显出轻视的样子，说道：

"在背后操纵大川的是美马庆一郎和名城健作，您知道吧？"

"嗯。"

"他俩分别是大和与明和的大股东。因此，这两个公司合并，他们的股份将如何？"

"股份合并！"

"是的。两个公司合并，意味着美马与名城的股份合并。合并时，明和的股东可以以二比一的比例变成大和的股份。美马和名城两人，不论谁被委任以股东的权力，都使他们过去的分散势力一举增加一倍。这样一来，他们对我们的复仇就变得更加容易了吧？"

"您这样一说，我明白大川为什么赞成合并提案了。可是，队长，这样说来，合并提案对我们不是反而很危险了吗？"

"你也太昏聩了。明和虽然被合并成大和物产的一部分，但你要知道，它是设备制造业。合并了它以后，将增强的是机械部的实力呢？还是食品部的实力呢？是我们机械部的实力。诚然，美马、名城的股份联合，将会给我们带来一定危险，但合并仍是有价值的。"

"这么说，队长甩出那张四十亿元的期票就是为这个目的了？"

"是的，我很早以前就作吞并明和化成的准备了。给明和化成以无担保贷款，是这个准备工作的一个重要方面，把贷款的利息提得很高，表面上给人以为了获得的假象，其实这是为了不让黑木君看破我的"醉翁之意"呀。用四十亿元换一个偌大的一流的明和化成公司，对我们来说太合算了！"

"那个人"轻轻地笑了。他那诡秘莫测的权术，使素以手腕刁钻著称的姿也不禁感到一阵轻微的寒颤通过全身。

三

有关大和物产和明和化成两公司合并的报告大会于十二月五日召开。

新公司仍名为大和物产，明和化成成为新公司的化成部。

发起人草香刚刚报告了有关合并事宜后，会议任命新领导。

大川威的委托书所代表的股份竟占新公司发行股份总数的二十分之一，这使"那个人"大吃一惊！他原估计美马持股数即使与名城的大和股份合并起来，充其量不过只占合并后新公司股份的三十分之一。没想到他的估计太低了！

企业因资本和经营的分离造成股份明显分散的今天，支配日本企业界的大企业中，差不多所有的最大股东持股比率都不到十分之一。由此便可了解，持股率达二十分之一者的发言权有多大了。

至于企业干部中的持股比率，占有全部股份的百分之一乃至万分之一的干部约占百分之四十一，占有十分之一以上的仅为百分之二点八，所以，大多数公司最高领导并不持有足以支配公司的股份，他们和"雇用的老板娘"大同小异。

因此，通过累积投票的方法，美马庆一郎与名城健作二人被选为常务董事，可以说是必然的结果。

旧明和的干部桑畑、白鸟、饭岛等因他们的经验和知识得到众人赏识，仍被任命为新公司的董事。

草香专务升任新公司总经理，入九虎之助好不容易才保住了首席常务董事的位置，原公司中冈总经理被免职。中冈一派的持有股份额不知不觉中被吞掉许多，仅保留有不到总数的四十分之一。中冈一派唯一尚能够保全地位的只有担任财务部部长的姿英策。他还稳坐在常务椅子上。

这样，新大和物产成为一个由机械部、化成部和食品部三大经营部门组成的大型公司。公司内又形成草香派、美马名城派、入九派三大派别，成鼎立之势。

迄今为止势力最强大的入九的食品部，退居于草香的机械部之下。

"那个人"看到事态完全按自己所设计的那样发展，心中暗自高兴。同时，也对意外地一举壮大了势力的美马名城派感到惶恐不安。美马他们将威胁着他。

由于名义上的持股人过于分散，使得"那个人"过低估计了名城他们的持股数额。不，确切地说，是过低估计了委任书的数量。这是"那个人"唯一的失算。

逃避到名城建设的黑木，怏怏不乐地打发着日子。虽说名城建设是石油化学企业中最大的承包公司，拥有资金八亿日元，但和昔日的大公司明和化成是无法相比的。

另外，过去明成的心腹部下全都被大和吸收进去，一个个当上了大和物产化成部的干部,神气十足。尽管公司名称变了,而新公司和名城建设之间的承包关系未变,这样,黑木对已成为母公司干部的旧日部下必须以礼相待了。

这些人对黑木的态度变得傲慢了。白鸟、饭岛开始称黑长为"黑木君",而桑畑甚至见到黑木时连招呼也不打。

一次,黑木习惯地对他喊了一声"桑畑君",谁知桑畑高傲地抬起他那野猪似的头,说道:

"你,这是喊谁呢?我至少是大和物产的常务吧,一个充其量不过是承包公司的经理,可要注意怎么称呼上司呀。"

被桑畑训了一通,黑木心里懊恼万分。想去求见"那今人",也被秘书挡了回来。他心里明白,自己的时代已经一去不复返了。

更有甚者,美马和名城对黑木继续进行打击。

名城建设本是个优秀的公司,除承包母公司明和的工程以外,还另有许多家老主顾。若经营有方,公司会越发景气,但黑木一郎就任经理以后,公司经营一落千丈。先是明和公司,不,是大和物产化成部,不再委托他承包工程了,而后,名城建设被母公司抛弃的消息传到各老主顾那里,各家公司也减少了委托名城建设承包的项目。

"畜生!这是名城他们搞的鬼!"

黑木吹牙切游,但束手无策。名城他们不知不觉间已成为令黑木无法对付的一大势力,他们的股份合起来,约占大和物产发行股票总数的二十分之一。

即使是偶然的订货,也被拖长了验收期,交付的也是期限为一个月至三个月的期票。更有甚者,像要把黑木逼得山穷水尽似的,银行关闭了它所担保的公司的户头。这使名城建设再也无法和外国公司做生意了。

第二年，即昭和四十×年三月七日，无法避免的事态终于发生了。

名城建设给大和物产开出的八千万元期票到了日期，却已无力兑现。

接到银行"存款不足"的通知后，黑木脸色苍白，急匆匆地跑到大和物产。

黑木想见"那个人"，不巧他外出了，常务董事美马接见了黑木。

"那张期票，请一个月后再转账好吗？"

黑木面对如同儿子一般年纪的美马俯首恳求道。

"黑木先生，你是急糊涂了吧？这儿经不是明和化成了，明和化成早已灭亡。如今的大和物产化成部与名城建设没有任何关系。过去，明和对于名城建设如同父子，期票到期，明和可以耐心等待，可是，现在我们对名城建设已承担任何义务，也没有任何关系。何况八千万元对我们本说也是一大笔款项。若无法支付，就请立刻以拒付支票为由宣告破产吧！"

"破产？！"

"是啊，债务者到期而无力偿还债务，这不是宣告破产的很好理由吗？然后，也像明和化成那样，申请重新组建公司嘛。总之，事实一再说明你是一个无能的经营者，还是引退为好。"

"这，混账！"

黑木失声叫道。

"什么混账？对我们的处理若不满意，那么请立刻支付八千万元吧，现在还来得及。"

黑木像一只斗败的丧家犬似的离开了大和物产。他很清楚，这种手段和上次把他从明和化成驱逐出来时完全一样，只是这次被赶出来之后，他再也没有地方去了。

这时，大和物产总经理室中，姿与"那个人"正在交谈。

"那么，我们对黑木就坐视不救了？"

姿语气沉重地问道。

"没办法了。那张支票是黑木开给化成部的，美马马上将它拿到银行兑现了。"

"不过，顶多八千万元吧，我们何不替黑木垫上呢？"

"不能这么办。当前美马这些家伙们最大的敌人就是黑木，所以，我们本能出面干预。与其帮助黑木，使美马他们的复仇心如火上浇油，不如索性让黑木去填充他们的饥肠吧。即使我们现在拿出八千万元来，也挽救不了黑木的败局。再说，合并没有多长时间，我可不想在财务上让他们揪了辫子。"

"那个人"无动于衷地说道。

可是，黑木会不会把队长的事捅出去？"

姿担心地问道。

"不必担心，我谅他不敢，他比任何人都了解我，不至于想玩命吧。"

"那个人"笑了。这是一种使听者浑身战栗的冷笑。

三月十三日，大和物产要求名城建设宣告破产。

通过东京地方裁判所宣告破产后的数日，名城建设的一切财产都已属于破产财团，名城建设已经被消灭了。

美马、名城进一步以诈骗破产罪对黑木起诉。也就是控告黑木："为损害债权者利益，隐匿属于破产财团的财产，同时，不按法律规定制作商业账簿，弄虚作假，对财产不做出如实的记载。"

实际上，这事与黑木完全无关，但他的答辩却未被通过。因为调查结果表明，隐匿财产和非法记载是事实。其实，这是名城授意名城建设的老职员涂改了账簿。

上诉也无济于事。黑木以诈骗破产罪被判处一年徒刑。

四月五日,接受审判长判决时,黑木突然不停地傻笑起来。由于是日本财界有名人士的犯罪,法庭上坐满了旁听人和记者,黑木就在众人面前无休止地笑着。

他一边笑,一边口中念念有词:

"队长,这蛆虫可好吃吧?是从身体里生出来的蛆虫,比从内脏长出来的蛆味更美!喂,这是我的尸体,谁也不给,快放开!"

他边喊边笑,从嘴角流出了口水。

审判长愕然宣布退庭。

无数闪光灯对着已发疯的黑木闪烁着耀眼的光。

"这可是爆炸性新闻!经营垮了明和化成和名城建设两家公司的总经理黑木,在法庭上发狂了!"

为打电话涌到法庭大门的众多记者,兴奋地谈论着这个消息。

黑木因精神错乱而被法庭宣布延期监禁,送到川崎市生田的生田精神病院治疗,直到恢复健康。

"真是令人啼笑皆非啊,和我妈妈同住一所医院了。"

名城说道。

"我们好长时间没去看望伯母了吧,怎么样,去看看伯母,再顺便去看看黑木?"

"好啊。"

"赞成!"

美马的建议得到了一致同意。

判决后的第三天,几个人一同乘上经过改造的青鸟牌汽车出发了。

"注意提防刺客!"

大川送他们到饭店门口时叮嘱道。最近，敌人暂时中断了反击。

"终于又收拾掉一个大仇人，从黑木手里夺回了名城建设，这都是大家协助的结果，要感谢你们。"

握着方向盘的名城说道。

"不要这么说，彼此彼此嘛。再说，还有铃岛和入九这两个大仇人，他们仍逍遥自在呢，而且，黑木疯了，你父亲死去的真相就无从知晓了。可是，我总觉得，黑木背后还隐藏着一个更坏的仇人。"

"我也这样认为。我总觉得，旧明和和大和之间，很早之前就有非法贷借及其他什么秘密关系了。"山路插话道。

"莫非置我们的父亲手死地的储气罐爆炸事件和毒牛乳事件之间也有某种联系吗？"

"有可能。"

"我感到奇怪的是，黑木发疯时，嘴里念叨着'队长'，这是怎么回事？"弘子说道。

"黑木所说的队长是什么人？"

"他好像说走了嘴似的。"

"我原以为那是精神病患者说的胡话，这么一说，的确值得注意啊。"

"我总觉得，这个'队长'是个幕后人物。"

"果真如此，黑木的所谓胡话就是一条线索了。"

"可是……"

弘子突然停住话语，脸上也失去了血色，仿佛想起了什么可怕的事情。

"你怎么了？"

名城发现坐在助手席上的弘子那异样的神情，问道。

"他们能对一个满口胡言乱语,不知什么时候就会泄露机密的人置之不理吗?"

"可是,要想杀死他,以前机会太多了。"

美马不无紧张地说道。

"'队长'和黑木之间,一定因有某种利害关系而勾结在一起,因此不必担心他们之间的秘密会被泄露。但这要以黑木的精神正常为前提,如今,黑木疯了,这大概是队长始料未及的吧。"

"原来如此,这么说来,黑木危险了。也许敌人的刺客已经开始行动了。美马,快!"

名城猛踩了一下油门。

就在这时,黑木一郎在生田病院的一间病房内被枪杀了。子弹打穿他的右肺后射入墙壁达五厘米,黑木立时身亡。

第二十章　大东京饭店之战

一

大和物产食品部每年春天都要邀请全国各地的代理店进行一次为期四天三夜的旅行，以表示对他们的慰劳与感谢。

不愧为第一流的公司，仅选择最优秀的店铺，就有七百多家，邀请的客人多达一千五百人左右。几年前，毒奶粉事件发生后，大和物产之所以能够经受住社会严厉的谴责而维持下来，全亏有这众多的强有力的代理店网络。因此，食品部非常重视这一例行活动，每年活动日期将近时，总要动员全部力量，周密布置安排，以求万无一失。

组织一千五百人旅行，谈何容易、要筹备火车、汽车等交通工具，安排住宿、宴会等事项，其中哪一个环节所花费的精力都远远超过对普通旅行团体的接待。

为此，食品部特地设置了顾客科，聘请在旅行社工作过的经验丰富的人承担这一项工作。

顾客科科长由极有管理才能的秋冈食品部长担任。

食品部每年从年初就开始着手筹备这一活动。首先，从全国代理店网络中选出过去一年中销售成绩最佳的优秀店铺。

这一项工作比较容易。因为所谓成绩最佳店铺，基本早有定局，也就是说，在产业界长期激烈的销售竞争中，许多店铺自然成为大和物产的代理店。

这次旅游，基本上是那些坚决拒绝其他公司优厚利益的诱惑而一心贩卖大和物产商品的所谓大和嫡系代理店组成。

正因为如此，对于大和来说，这些人就不单单是顾客了，而是重要的代理商。在招待日前一个月的三月里的一天，食品部的最高负责人入九常务将秋冈部长唤到自己的办公室来。

"日子越来越近了，所有的筹备工作都还顺利吧？"

入九闪动着他那猫头鹰似的大眼，问道。

"是的。火车、汽车、饭店及演出等，一切都安排好了。"

"今年与往年不同，头一次租用饭店，不会出什么差错吧？"

"请您放心。经过与饭店方面的负责人多次交涉，已预约好了房间。"

"今年要来多少客人？"

"邀请八百二十四家商店，其中来函应邀参加的有七百六十一家，一千五百二十二人。集合地点在歌舞伎剧场。中午一时开始观看演出，演出结束后，下午六时三十分左右，出发去这次招待旅行的重点场所——大东京饭店。您也知道，这所饭店是为召开奥林匹克运动会，应政府要求而建筑的世界上一流的巨型饭店。住惯日本式旅馆的客人们，走进这高三四十层、规模宏伟、设施豪华的大饭店，将会惊讶得瞠目结舌。我们就是为了达到这个目的，不惜重金，特地安排这个项目的。"

"那么，有些冒险吧！"

"是的。所以我们高度重视，为避免差错，已派造人员去这家饭店学习有关接待方面的知识。这么庞大的团体住进如此大型饭店,难免产生慌乱现象,但为了给客人们留下一个强烈的印象,我们想突如其来地把他们带进宛如天堂般的超豪华饭店中。"

"宴会的安排呢?"

"地点已联系好了,是大东京饭店的'白峰之间',时间是当天下午七时半,在那里举行表彰仪式和宴会。"

"那么,第二天呢?"

"早上七点半至八点半,在'白峰之间'吃早餐,九点乘汽车由饭店出发,到达浅草以后,乘包租电车去日光。然后……"

"就谈到这儿吧,这以后的观光及住宿和往年没什么两样,无须特别注意了。重要的是,今年的'作战'将以大东承饭店为中心。虽说使那些只住过日本式旅馆的外地老爷们突然置身于如此豪华的饭店而大吃一惊的打算很妙,但若在饭店的接待及安排等方面稍出现差错,就会影响整个旅游活动。特别是今年,由于与明和化成合并等原因,我们食品部更落在机械部后面了,所以,我们必须通过这次招待活动,给各代理店店主们留下一个良好的印象,以求销售额的大幅度上升。秋冈君,拜托了!"

"明白,请您放心!"秋冈充满自信地说。

二

四月十日,名城健作来到都市中心饭店大川威的房间。

"大川先生,能不能在一个晚上召集来一千五百人?"名城唐突地问道。

"一千五百人!为什么?"大川丈二和尚摸不着头脑。

"原因待以后再说。总之，这次计划若能成功，将是对大和物产食品部的一个沉重打击。"

"有意思。可是，竟然需要这么多人，说谎吧？是愚人节的谎话吧。"

"不，真的。今天已经十号，不是愚人节。怎么样？能不能找到一千五百名临时工？最好是七百五十对中年夫妇或情侣。"

"真是一笔了不起的订货呀，但总是要交货的，什么时候要？"

"谢谢您了，这件事只能求您才能办到。"

"你别奉承我，我没有说一定能办好呢？"

"不，大川先生肯定能办到！您要是没本事我就不敢求您办这么困难的事了。"

"哎呀！我算是被你缠上了！"

大川苦笑着说。

"时间是四月二十二日中午到第二天早九时。请您将这七百五十对夫妇或情侣集中到一起。我要他们做的，只不过是带上简单的行装到大东京饭店指定的房间住上一宿。住宿费、晚餐费、早餐费均由我们负担，此外，还将付给每人三千元的津贴。"

"还有比这更好的事吗？住一流的大饭店，吃山珍海味，不用花一文钱反而得到津贴！好了，告诉我这其中的缘故吧，我来助你一臂之力！"

名城把自己的计划对大川和盘托出，大川那原先睡意蒙眬的眼睛立刻放出光来。

"太有意思了，不，不如说太令人痛快了，这真是我乐意干的事。行，这一千五百人的事就交给我了，我按时交给你七百五十对！"

四月二十二日，从三时左右，携带着简易旅行用品的男男女女们陆续来到了都市中心饭店大厅。大厅中已经挤满了人，热气腾腾，十分热闹。大川、美马、名城、弘子四人站在大厅舞台后面观望着。

"不愧是大川先生哪，瞧，果然陆续地都来到了，而且都是中年男女。大厅中已经有一千多人了吧？"

美乌又一次认识到大川的实力。

"我这个人从来说到做到。五点左右，七百五十对一千五百个人将一个不少地聚齐。"

"七百五十对中年夫妇或情侣会聚一堂，蔚为壮观啊。"

"若是七百五十对年青男女那很容易找，因为需要的是中年夫妇或情侣，可真费了不少劲儿。"

大川稍显得意地说。

"可是，大东京饭店的房号什么时候拿到手？"

美马颇为担心地问。

"下午四时，饭店将把今晚使用的七百五十个双人房间的准确房号交给顾客科的一位干事，然后按客人名册安排房间。到时候，我们将得到一份名册。"

"怎么搞到的？"

"为了这次行动，我拉拢了一个顾客科的职员。对他说，作为化成部和机械部日后接待代理店时的参考，请务必告诉我这次活动的安排经过。对方很轻易地就答应了。因为我是常务董事嘛！对方没意识到这是泄密，再说，从表面上看，我既不属于食品部，也不属于机械部。"

"原来如此。"

"拿到名簿后，将姓名前面的房号写到事先准备好的七百五十张卡片上，这个工作，我们一起动手，有十分钟就足够了。

然后，将写有房号的卡片分别发到每对男女的手中。"

"怎么进饭店呢？"

"山路已经去歌舞伎剧场探听情况了，他将及时传递剧场演出情况。当最后一幕开始时，也就是说对方人马离开剧场之前的三十分钟左右，我们的大队人马从这里出发。从这儿，到大东京饭店乘汽车大约需要十分钟，这样，我们可以比对方提早三十分钟到达饭店。你们相信我好了，其中，一千五百人分别乘上三十部公共汽车所需要的时间，到达饭店下车所需要的时间，办手续所需要的时间等等，一切都经旅行社的内行精确计算过了。"

名城信心十足。

正说着，到了四点十分。

"名城常务，名单拿来了。"

名城的一名心腹拿着几页名单气喘吁吁地跑了进来。供一千五百二十二人住宿的七百六十一个双人房间号码整齐地打印在每个人名的前面。

"太好了！双人房间有七百六十一个！能够容纳如此庞大的一个团体于一个建筑物之内的饭店，在日本独此一家！好了，赶快把房间号码写到卡片上，希望一定不要写错。"

果然，这个工作十分钟便结束了。从歌舞伎剧场那里，定时传来山路有关舞台演出进行情况的报告。

五点整，"临时工"们全部到齐了。

"名城，该你出场了吧？"

"好的。"

在美马的催促下，名城走上了大厅正面的舞台。一千五百名"临时工"认出了名城，迅速地安静下来。

名城站在话筒前：

"诸位，辛苦了！现在，我开始说明要拜托诸位的事情，请注意听！"

名城一开口，原先似漂荡在海面上的微波般细小的嗡嗡的嘈杂声立刻停止了。

由大川的党羽物色来的这些临时工们，还都不知道今天"工作"的内容呢。

仅仅是带着一个女同伴来大东京饭店住上一宿、这个要求对于那些有空闲时间来到这里的人们来说，与其说是为得到津贴，不如说是出于好奇心。而且，这其中不乏有利用这机会引诱妻子以外的女性来这里共度良宵的。

名城继续说道：

"很简单，一会儿，发给你们每一组一个号，这就是大东京饭店的房间号。号码是用签字笔写到卡片上的，请大家一定记牢。号码不是三位数就是四位数，其最初的一位数或两位数表示房间所在的层数，例如，854号就是8层54号房间，1245号就是12层45号房间，依此类推。好，现在我们将分乘三十辆大轿车，去大东京饭店。到大东京饭店后，要求大家做的，就是按照发给大家的卡片号码，进到房间里去，住上一夜，就是这些。各个房间的门都是开着的，钥匙放在房间内……明白了吗？请大家确认一下自己的房间号码，卡片分发到大家的手里了吗？那么，请大家就去乘车。乘车顺序由最小的号码开始，每辆车乘50人，按顺序发车！请大家和自己的同伴不要分开，好，出发！"

名城一声令下，这一千五百人立即行动。他们就像登上战舰的士兵一样，每五十人分别乘上一辆大轿车。汽车发动了，在轰鸣的排气声中，满载"士兵"的车队向大东京饭店进发。

在名城的指挥下，大东京饭店"战役"的序幕拉开了。

此时是下午六点。歌舞伎剧团正上演最后一幕。

与此同时,大东京饭店内,对"大和物产食品部全国销售代理店一千五百人旅游团"的接待工作已完全准备就绪,饭店工作人员正翘首等待着大队人马的到来。

即使对大东京饭店这样的超级饭店来说,接待一千五百人的团体也还是第一次。因此,饭店经理亲自出马坐镇指挥,以求万无一失。

为此,负责接待这一团体的各部负责人已经开过多次碰头会。

下午六时整,大和方面的干事来通知说,现在客人们已离开歌舞剧场。

虽说比预先订好的时间提前一些,但饭店方面并没有人怀疑。因为平常客人们到达饭店的时间比预定时间提前或错后三十分钟乃至一个小时的事情屡见不鲜。

六点十分,三十部大轿车鱼贯驶入这幢三十四层建筑的正面大门内。此时,春雨初下,银色的雨丝垂挂在一辆辆大轿车上,煞是壮观。

服务员上前引导旅客分批下车,每批三辆车。因为一千五百人若同时下车,电梯会瘫痪的。

"我们是大和物产一千五百人的旅行团体,请问,有客房吗?"

从一号车下来一个臂带干事袖标的人,向前来迎接的饭店接待科科长仓泽问道。

"是的,一切都已安排停当。"

这位干事仓泽头一次见到,但他并未特别留意。过去来办交涉的已熟悉的干事们也许在后面的车中,或者根本没同车来,这样的事例也是很多的。

这是大和开出的八百万元支票，预付今晚的房租和今晚、明早的餐费，请收下。因为我们的团体是一千五百人，恰好需要七百五十个房间。实际的费用待明天早上出发时再结算。"

　　"昨天不是已确定是一千五百二十二人，七百六十一间房吗？这么说，要退掉十一间房是吗？"

　　科长的脸上露出不解的神情。

　　"有关这些事情请您问后面的名城常务。具体事情我不清楚。"

　　与此同时，客人们不停地涌了进来。1号车的客人们已经乘上了电梯。

　　于是，科长决定等待将要到来的"干事长"商谈具体事宜，而现在，先尽量引导客人们顺利地进到他们的房间里去。

　　三辆车，又是三辆车，客人们源源不断地走进来。真不愧是习惯于接待团体客人的大东京饭店，不到二十分钟，就把一千五百名客人疏导到各个房间中去了。

　　"出乎意料的顺利！"

　　"这是因为客人的名单一点变化也没有。而且，又因为全都是成双成对的夫妇，也就没有要求调换同室住的。可真难得呀！"

　　由于按顺序安顿好如此之多的客人，饭店的总经理和值班经理的脸上露出了轻松的表情。

　　"哎呀，又来了许多辆汽车。怎么，今天还有团体吗？"

　　"没有。今天全被大和物产包下了，是暂时停车或者是什么参观团吧？"

　　"可真不少呀，已经进来10辆车了。参观团能有这么多人吗？"

　　"奇怪。"

留下一千五百名客人的车队刚刚离去，紧接着又来了一个满载客人的大型车队。想要回办公室的饭店干部们莫名其妙地歪着头，注视着新车队。

一号车停下了。一个臂带袖标的男人飞快地跳下车。

这才是接待科长注所熟悉的大和物产的干事。

"我们来啦，共一千五百零十八人，比原订少四人，退掉两个房间。"

"您来了，我们等您好久了。客人们都已经到齐了，他们刚刚被安排到各自的房间里去。这些汽车上的人？"

科长满脸狐疑地迎了上去。饭店方面的全体人员也都大感不解地站在那里。

"科长先生，请不要开玩笑了，我们是现在刚刚到达的，不管贵饭店接待团体客人的本领多么高超，也不可能将仍然坐在汽车里的客人引导到房间里去呀！"

干事有些生气地说道。科长终于意识到事态的复杂了。

"可是……"仓泽科长愣住了，

"大和物产一千五百人的团体刚刚办好手续住了进去，却又来了一个一千五百人的大和物产大队人马。这究竟是怎么回事？"

汽车一辆接一辆地停好。按预先的安排，一号车至三号车的客人们已经开始下车，完全是半小时前情景的又一次重复。

"科长，房间号已分给所有的人，各房间的门都开着吧？"

干事叮问了一句。

"请稍……稍等一会儿。"

科长的嘴一张一合的，活像被扔在岸上的一条鲫鱼。

所有房间已被前一批"大和物产"占据，再也没有空房间。即使是大东京饭店这样一流饭店，为接待一千五百人的团体，也甚至把单人房间和三人房间全部用上了，整个饭店接近满员。

然而，眼前的这个干事才是和饭店签订了合同的名副其实的干事。

"这到底是怎么搞的？"

脸色苍白的总经理大声吼道。而科长如堕入五里雾中完全摸不着头脑。这时，客人们已挤满了大厅。

科长越想越糊涂。不，不仅是他，在场的所有饭店工作人员也都觉得仿佛在梦中。

第二十一章 铁壁的崩溃

一

仓泽科长跑向"第一批大和物产团体"干事的房间。根据名单,这干事的名字叫平贺。但仓泽不知道,这个平贺是大川的得力干将,以聪明能干著称于总会屋中。

"对不起,平贺先生,请问您带来的这个团体果真是大和物产的吗?"

"当然。"平贺若无其事地回答。

"可是,门口怎么又来了一个大和物产的一千五百人的团体呢?"

"这我可不知道。我只是按名城常务的吩咐把这个团体带到贵饭店来的。"

这时,仓泽才意识到平贺所说的这个叫名城的常务董事,并不是迄今为止与饭店交涉的大和干事团中的一员。

"这位名叫名城的常务……"

"他是在去年十二月,大和物产与明和化成合并后新当选为常务的。怎么，您有什么怀疑吗？"

"不，不。请问，您知道入九常务和秋冈部长什么时候到？"

"不知道。这两个人我可从来没见过。"

听了平贺的话，仓泽惊得呆若木鸡。要是大和物产旅游团的干事，不可能不知道入九常务这样的公司头面人物。看来，这个平贺是冒牌的干事。可是，他带来的这个已办好住宿手续的团体都是些什么人呢？

仓泽的态度变得强硬起来：

"平贺先生，请不要再开玩笑了，你不可能不认识入九常务，入九常务是这个团体的总干事，所以，你不是大和物产的。请立即率队退出饭店吧，否则，你的行为将构成妨碍营业罪！"

平贺从沙发上腾地一下站了起来。他身材魁梧、肌肉发达，使仓泽不由得往后退了一步。

"你这是什么奇谈怪论！饭店的科长怎么能这样对客人讲话！"

而后，他的态度又突然变得和气了，虽然表情仍有些可怕，但嘴角已经浮现出微笑：

"我带来的确实是大和物产的客人嘛。我是按名城常务吩咐，把这一千五百人带到饭店里来的。在大门前，当我问：'有客房没有'的时候，不是你立刻同意并引导客人们进入饭店的吗？我们不住在这个饭店也没什么，原打算这儿如果没有空房，就分别住到其他的饭店里去。是你们答应我们住进来，现在又出尔反尔要我们撤出去，还说些莫名其妙的话，道理何在？作为客人住进饭店，怎么就成了'妨碍营业'呢？而且我们已经预付了八百万元支票作为一宿两餐的费用。八百万元，外加税金、服务费，也绰绰有余了。也许，你要诬蔑我们的支票是伪造的？如果现在有第三者在场，你就是犯了证据确凿的'损坏他人名誉'罪了!"

仓泽终于明白,饭店方面的人陷入了一个极大的误会之中。平贺来时,只说了他们是大和物产的,并问有没有客房,而只字未提预约的事。也许平贺的团体确实是大和物产的,但同现在挤在门前的客人不是一个团。可是,怎么能够想象,一千五百人的庞大团体住宿竟不预约呢?

"那么,请问,平贺先生带来的团体是食品部代理店一行码?"

"食品部?不,与他们无关。"平贺淡淡地回答。

"这……,这……,这……,"

仓泽说不出话来了。由于惊愕,他的牙齿上下打颤。

"请镇静一点儿讲话。科长先生这副模样实在让人看不下去。"

"可……可是,您这一千五百人的住宿目的……。"

"你,太失礼了吧?以什么目的住宿那是旅客方面的自由,旅客恐怕没有义务一个一个地向饭店方面报告吧?这是干涉个人秘密呀。"

"可是,一千五百人的团体,在事先没有预约的情况下突然要求住宿,这太违反常识了。"

"有规定说不允许吗?"

"不,并没有这样的规定,但是,赶在大和物产食品部一行来饭店之前,带来一个酷似团体,给我们造成误会,这实在令人感到讨厌。"

仓泽开始摆出敌对的架势。

"喂,这话太失礼了!搞错了的是你们。作为旅客,在前一天住宿的客人离开房间之后的任何时间到达饭店都是可以的。是你们自己造成的事故,却说别人讨厌。是找借口吧?这已经不是你一个科长所能解决的问题，叫你们总经理或经理来，不把这件事说清楚，我们是不走的。这可不是恐吓你，对于你的无礼行为，要以大东京饭店的名义向我们道歉！"

仓泽科长脸色苍白，一动不动地站在郝里。平贺说得不错，事情已经到了不可收拾的地步，的确不是一个科长所能解决的了。

二

这时，设在二楼大厅的柜台一片混乱。

从各楼的服务台纷纷打来电话，报告说"前"大和物产团体住进的客房陆续又闯进"后"大和物产团体的人。

原来，等得不耐烦的客人们开始擅自乘上电梯，闯进各个房间。这些客人们事先已被告知房间号码，并且也已知各房间门都是敞开的。

"我是××号房间，怎么又来了一批客人？"

"这儿是×层，已经客满，怎么又来了一百多人，你们柜台的人究竟干什么呢？"

"我是××号，怎么又送来人了？你们柜台的人头脑发晕了吧？"

电话中不断传出各楼层服务台接待人员歇斯底里的声音。也有不少客人直接从客房打电话来抱怨不止：

"这个饭店也和日本旅馆一样，大家合用一个房间吗？"

"我正在洗澡，突然闯进来一个乡下老大爷。这是怎么搞的？"

大川快速网罗来的乌合之众中无奇不有，有的连门也不关就开始迫不及待地做爱了。

蜂拥而入的一千五百人的后队，谁都相信自己是这间客房的主人，因而有人遇到上述场面时，不禁惊慌失措。

一流饭店与日本式旅馆不同，绝对不会有合用房间的，把毫无关系的两组客人安排进同一间客房，是饭店绝不允许的错误，是饭店柜台负责安排房间人员的最大耻辱。

而现在，竟一下发生了七百五十起这样的错误！饭店柜台，不，整个大东京饭店将陷入何等混乱之中是可想而知的。

不管怎样和饭店方面交涉，没有空房就是没有空房。食品部预约的七百五十个房间被平贺率领的一千五百人稳稳地占据着。劝他们退出，他们丝毫不肯让步，想找名城商谈，回答说，他从昨天起就不知去向了。再说，虽然他们是钻了饭店方面的空子，却是支付款项后住进来的客人，并没有违反饭店的住宿规则，因此，大东京饭店也就没有理由驱逐他们。

"既然大东京饭店没有房子，就尽快去寻找别的饭店！事已如此，不得不分开住，有关责任的追究以后再说。"

不愧是入九常务，他最快恢复了镇静。这时，首先必须让客人们吃上晚饭。而为"后队"准备的"白峰之间"的丰盛晚餐，早已被平贺订购了，饭店此刻已没有材料也没有设施再接待一千五百人了。

时针已指向晚八时。"后队"人马仍空腹滞留在大厅里。连椅子都坐不上的人只好在饭店内来回溜达。

饭店方面也全力帮助寻找住宿的地方。但是，四月份，正是旅游旺季，况且，又是这么晚了，没有一处饭店还有比较多的空房间。

"不行。'奥库拉''帕利斯''帝国''布尔顿'这些饭店全部满员，没有空房。"

依次向市内其他各大饭店打电话询问过后，饭店的办事员哭丧着脸说道。

"没办法。向横滨、川崎的饭店及日本式旅馆等所有具备简单住宿设施的地方，全都打电话问一问。"

仓泽科长下了命令。他觉得自己的声音像是在悲鸣。

晚九时。连那些很低级的旅馆也用上了以后，还有六百人左右无法安排。客人中，有的愤然离去。

也有的客人去投奔市内的亲戚和朋友。这时，从傍晚开始下的雨更猛烈起来。

有可借宿的亲戚朋友的人还算幸运，怎么也找不到住处的人们，只好不知所措地蹲在饭店大厅内。

"常务，客人们开始自己花钱买饭吃了，这是招待旅行，无论如何不能这样！"

"对！请饭店开放所有餐厅，凡代理店客人们的饮食，都记账。绝对不能收客人们的钱，已经收了的，根据账单把钱分别退还他们。"

入九命令秋冈道。

这一晚，即使使用了包括服务员值班室在内的一切房间，最后还有五百人坐在大厅内直到天明。

翌日的早饭已被平贺他们"抢"去了。饭店所有的餐厅、咖啡厅、酒吧都总动员起来，总算让大家吃上了早饭。饭毕，又到了该虑考虑吃午饭问题的时间了。

分开住宿的客人们集合很慢，其中有些人根本不知住在何处而无法联系。到亲戚、朋友家去借宿的人中，大约有二百人一去不回了。

周密组织好的旅行，出一点儿差错就将影响全局。已过预定时间几个小时了，分宿的客人们还是没有到齐。

东武铁道管理局取消了为这个团体特别准备的临时电车。

下午一时，入九常务决定终止这次招待旅行。

在终于空下来的"白峰之间"，面对留下来的客人们，入九无言地低垂着头。

从客人们因睡眠不足而充血的眼睛里射出愤怒的光芒，仿佛象无数支钢针刺痛了入九的全身。他好像听到了曾被认为如铁壁般牢固的大和物产食品部代理店贩卖网瓦解崩溃的声音。

冷眼旁观了这幅悲惨的情景，平贺率领着度过了一夜豪华生活后的一千五百人，趾高气扬地离开了饭店。

"名城、美马这一招搞得真绝，在食品部代理店团体到达的前一刻，带来个酷似的冒牌团。这样，什么饭店都会上当的。而且，他们一到饭店就立刻缴纳了所有的费用。一千五百人的一宿两餐，外加客人津贴、大川的谢礼，总共花不到一千万吧。用了仅仅不到一千万元，就给了食品部值得自豪的代理店网络以如此巨大的打击。他们为搞垮食物部特意组织了这个庞大的一千五百人的团体，真是敢想敢为，手段高明，令人佩服。我们可不能轻视他们啊！"

"队长"听了有关这次耸人听闻的招待旅行的全部经过后，对姿财务部长说道。

第二十二章 以牙还牙

一

"这次可算狠狠地整了食品部了!"

"入九常务暴跳如雷,说我们犯了恶性妨碍营业罪。"

"但是,他无法起诉,因为我们是同一个公司的。"

"而且,说到底那是饭店方面的过失。他能给我们安什么罪?"

"机械部这回可幸灾乐祸了。"

"是啊。因为这下子它就更把食品部远远抛在后面了!"

"但我们还没有给敌人以致命击呢!"

"是的。看样子他们开始让警方出动了。我们必须赶快动手。"

"我原打算揭发出黑幕后再行动,可是,不能再慢吞吞了。"

"虽然搞垮了明和,但大和依然存在。"

"它的幕后人物仍在大和物产这个庞然大物中得意地狞笑呢。"

"对。黑幕就在大和物产公司内！他凭借庞大的组织，肆无忌惮地毁灭个人微小的幸福！我们必须给他所赖以生存的大和以致命的打击！"

"那么怎么行动呢？"

"名城，还记得我父亲蒙受的不白之冤吧？说什么他制造有毒奶粉……。"

"怎么能忘记呢？"

"还有，你的父亲，被指控为储气罐爆炸事件的责任者，甚至被当作犯人……。"

"那就以牙还牙，以眼还眼！"

"……？"

"我要让大和再一次发生那样的事件：食品部制造出有毒食品，机械部主要的工厂发生爆炸！"

"美马！"

"怎么样？你说妙不妙？还有比这更针锋相对、更激烈、更有戏剧性的复仇吗？把比掺有砒霜的奶粉更有毒的食品散布全国各地，在工厂内人最多的时间进行爆炸。而且，这两个行动连续进行。使幕后人物再也无法把责任推卸给制造部长等下属了。这样一来，它的组织越是庞大，公众就越是不能饶恕它！这一点，凭我们现在的地位，是可以办到的。"

"可，可是……"

"你是要说给众多无辜者造成麻烦和痛苦吧？那有什么！归根结底，我们复仇的对象是大企业，不是那些无足轻重的小流氓，为了击败巨人，让一些普通人做出牺牲也是不得已的嘛！"

"你的这种想法不是和那些夺去我们家庭幸福的敌人的想法如出一辙吗？"

"是的，不过，我还是要干！为了击败强有力的对手，自己首先应该更加强有力。不如此,就没有向强有力的对手复仇的资格,如今我们已经种资格。在我们复仇时无辜的牺牲者,若想向我们复仇,那他们也必须强大起来,才能向我们复仇。但事实上,并不是所有的人都具有复仇能力的,所以这种复仇才不至于循环往复地继续下去。名城,事已如此,不要再唱这种怪腔怪调的浪花节①了,现在是我们最后的关键时刻,拜托了!"

在N饭店的一个房间,美马和名城正在秘密交谈。

美马早已为自己的复仇计划所陶醉,眼睛像喝醉酒似地朦朦胧胧闪着光。

与此根反,名城却心绪不佳,表情沉重。

"今天之所以没有叫弘子来,也正是这个原因。女人虽然喜欢血液的颜色,但爱动感情流眼泪,如果你们两个人一起唱起'浪花节',计划就难以进行了。可是,"美马微微一笑,看了看表,"已经七点了,客人该来了。"

"谁要来?"

"你猜是谁?哈,他来了会使你高兴的。"

正说着,门外传来轻轻的敲门声。

"说到他他就到。"

美马引进门来的是一个四十多岁,瘦瘦的男人,他目光呆滞,举止慌张。

"这位是食品部川崎工厂食品添加物组绪方组长。这位,是名城常务,已经认识了吧?"

美马介绍后,绪方向比自己小十多岁的上司恭恭敬敬地行了礼。

"绪方组长由于家里有事需要一千万元。这笔钱由我们付

---

① 浪花节,三弦伴奏的民间说唱,类似我国鼓词。

了,但作为条件,绪方先生要按我们的要求在他的职权范围内将食品添加物的掺加量稍作些调整。绪方先生,请给名城常务说明一下吧。"

美马说完后,绪方从椅子上站了起来。

"请,就坐着讲吧。"

绪方胆怯地坐下。看来是一个小心谨慎的人。

"随着食品加工业的进步,为了便于加工和易于保存,在加工的食品中掺加了种种化学药品,这些你们都是了解的。"

"上次毒奶粉事件,就是以砷作为乳质稳定剂添加的。在食品中添加化学药品,虽然是食品加工业界的一大进步,但是,人们长斯从食品中摄取的微量化学药物在体内蓄积,容易引起意想不到的中毒。"

"因此,必须选择毒性小的物质作为食品添加剂。食品卫生法第六条,规定了能作为食品添加剂物质的条件。不仅如此,所指定的食品添加物使用量也有严格的控制。例如,作为防腐剂的水杨酸,用于清酒、合成清酒、果酒的制造时,用量不得超过 $0.25g/l$,若过量,饮用者就会产生耳鸣、头痛、呕吐等中毒症状。"

"虽说有法律规定,但实际掌握添加量的是绪方组长嘛。"

美马插嘴道。

"也不完全如此。在全国广泛销售的产品以及制造厂家较少的产品,都要经过厚生省大臣的检查,然后贴上合格证,才可进入市场。"

"噢,是这样。但不需合格证也可贩卖的食物多得很呢。从我公司生产的这类不需检验的为数不少的食品中选出一种,请绪方先生适量做些调整。选哪一种好呢?"

被美马一问,绪方反而低下头。这个谨小慎微的人恐怕急于需要金钱,与自己的良心经过一番激烈的斗争,才下了狠心参加美马这一制造毒食品计划吧。

"喂,选哪一种好呢?请告诉我们。"

美马追问道。绪方这才结结巴巴地说起来,但仍然低着头:

"我所在的川崎工厂,从三个月以前开始制造一种新的乳酸菌饮料叫'阿玛利露'。这种饮料味道甜中带酸,那些嫌恶牛奶的幼儿很喜欢喝。目前这种饮料日产量正在迅速增加。"

"阿玛利露呀。"

美马满意地小声重复。

"我们采用脱氢醋酸作为这种饮料的防腐剂。每公斤饮料法定的最大添加量是 0.04 克,而我们实标用 0.035 克。这种防腐剂对霉菌、酵母菌有很强的抑制能力,饮料中添加此物,能成四倍地提高防腐能力。在对老鼠的试验中,每公斤饮料添加 1 克此物,就能造成百分之五十的老鼠死亡。"

"那么,适当地调整一下这东西的添加量吧。请问,适当地增加这种防腐剂,会引起什么中毒症状呢?"

"首先是呕吐。接着有些人会产生呼吸困难的心脏衰弱症状,由于毒性较低,只要不大量摄取,不会造成死亡。"

"啊,这东西太好了。在阿玛利露中添加脱氢……叫什么?"

"脱氢醋酸。"

"噢,脱氢醋酸。绪方先生,你选择的东西太合适了。大量地制造出这种含有过多脱氢醋酸的'阿玛利露',销往全国各迪。呕吐得越厉害,效果越佳。只要不危害人的生命,就只是违反了食品卫生法。您做了这些,就可以得到一千万元的报酬,很不错的交易嘛。这里是五百万,全部是现款,剩余的五百万,等到事情成功时再付给您。拜托了!"

说着,美马认皮箱中取出早已准备好的五百万元钱放到桌上。一直低头讲话的绪方,这时抬起头来,用热切的目光注视着慢慢地堆成小山的一捆一捆的钞票。室内静悄悄的,可以清楚地听到绪方吞咽口水的声音。

但是,名城还不能断定这个绪方是一个为狂热追求金钱而丧失职业道德的人。他好像是被生活所逼迫,万不得已才被美马所收买。

"这是五百万,请点一点。"

"不,不用了。"

绪方像叼住了饵食的饿狼似的,很快地把一捆一捆的钞票装进带来的旧帆布提包,然后轻轻地行了一礼,告辞走了。

二

绪方的脚步声从走廊的地毯上消失以后,名城问美马道:

"绪方家里究竟发生了什么事,需要一千万元?"

美马轻轻笑道:

"很不幸的事……他的刚出生的儿子由于致畸性药物中毒而患上了一种复杂病症,在日本根本无法医治,而去国外治疗,需要大笔费用作为往返路费及手术费。这个在单纯的物质欲望面前会无动于衷的人,为了救孩子,豁出去了。这种人才是我们的理想的利用对象,一定能出色地完成任务。"

美马露出洁白的牙齿笑道。名城一言不发。竟然利用迫切挽救自己儿子生命的父亲的心情来进行复仇,他感到自己所追求的事业是很可悲的。

但是美马对名城流露出来的这种伤感毫不介意:

"还有一个好消息。"

"还有?!"

"你猜，这是什么？"

美马从口袋里掏出一个透明塑料包，在名城面前打开，得意地笑道：

"海洛因。纯度达百分之九十八。市镇那些麻药中毒患者平常都用稀释的盐酸普鲁卡因或葡萄糖来过瘾的，要是给他们注射这种高纯度的海洛因，他们非兴奋得死去不可。"

"那你打算用这个干什么？"

"从很久以前，我就开始把这种海洛因给品川工厂的一个工程师，我已经使他变成了一个十足的麻药中毒患者，他为了得到麻药，什么事都能干出来的。"

"美马，你……"

名城哀叫道。

大和物产的品川工厂，就是旧明和的石油化学工厂。厂区内，装有乙烯、丙烯、丁烷等第一类、第二类可燃性气体的高压储气罐一排排地立着。

而且，在第一车间，目前正使用乙烯过氧化氢制造液体甘油炸药。

就是这样一个充满危险物品的要害工厂，竟然把一个瘾性发作后就不知会干出什么事来的麻药中毒患者送了进去！这样一想，名城不寒而栗。

"在以后两三个月间，绪方将会把有毒的阿玛利露销往全国，各地将出现食物中毒者。而到那时，这位工程师的海洛因也将用光了。在他瘾性大发而无法忍受时，我把海洛因拿给他看一看。这样，别说让他爆炸品川工厂。就是让他扔氢弹，他也能干！"

三个月后，以关东和中京地区为中心出现了一批原因不明的下痢、呕吐病人。患者多为幼儿，而且都是大和乳制品的顾客，于是有关部门对大和的一系列乳制品进行了彻底的检查，结果发现该公司乳酸菌饮料"阿玛利露"违反食品卫生法，过多地使用了防腐剂。

这是该公司继九年前发生的毒奶粉事件后又一次发生的事故，所以有关部门的追查极为严厉。

东京都卫生局协助都内保健所，检查了大和公司的全部食品。结果判明，除阿玛利露外，其他果汁和清凉饮料水中也混入杂菌和禁止使用的一种红色着色剂。

毫无疑问，除阿玛利露外，其他都不是绪方搞的。对美子他们来说，这真是天助他们侥幸地成功了。这一发现也减轻了绪方对所发生事件应负的责任。

八月二十九日，东京都责成大和物产回收和销毁上述不良严品并命令中止制造和贩卖。

除阿玛利露、果汁外，大和生产的所有乳制品、清凉饮料水等食品都被排挤出市场。

销售代理店也陆续改换门庭，贩卖其他公司的产品了。

事到如今，连机械部也不能再拍手称快了。公司连日召开常务董事会，研究对策。

然而，已经激起全国消费者的愤慨后，公司根本无法再打开局面，所以，会议争论的焦点，仅局限于是让食品部继续存在下去，还是取消这一问题上。

就在这时，美马又告诉名城关于爆炸品川工厂的计划：

"十月十日，爆炸品川工厂第一车间制造不冻甘油炸药的那栋楼。让海洛因中毒患者、工程师井泽芳夫安装定财炸弹。爆炸时间定为下午四时三十分。"

第二十三章　无形的狙击者

一

九月二十四日，星期日清晨，消防厅技术官铃岛谕在自己住宅的起居室，被人射杀。铃岛谕从东京工业大学理学部毕业后，就进消防厅工作，二十多年来，一直负责火灾事故的调查工作，是一个精明能干的调查官。

几乎所有引起新闻界骚动的大事故，都是由他担任事故调查官。

神奈川县警搜查一科的小山刑事，在事件发生当天去关西方面出差了。当他赶到现场时，已是两天之后。小山曾处理过明和化成总经理在生田精神病院被射杀的案件。这次，经调查，射杀铃岛的子弹和射杀黑木一郎的子弹是发自同一支手枪的，于是决定同时处理两个案件。

铃岛和家属一起住在神奈川县 A 市郊外一个名叫绿坡的住宅区。

乘坐县警的吉普前往现场的途中，小山听所辖署的中岛刑事讲述事件的经过：

二十四日上午刚过十点，有人给起床不久的铃岛打来了电话。电话是铃岛太太接的，她把听筒交给铃岛以后，起身回屋。不一会儿，她听到玻璃打碎声和柔软物体摔倒在地的声音。她急忙跑回到放置电话的面向阳台的那个六铺席宽的房间时，铃岛已经倒在地上死了，只有听筒好像一个有生命的东西似的，吊在那里来回摇晃。

子弹穿过面向阳台的玻璃，从铃岛的前额穿透了大脑，射到石泥墙壁上，铃岛当即死去。

"从前额部位的子弹射入口和死者位置判断，子弹是由铃岛家对面那栋楼一户人家的窗口打过来的，那家户主鱼住浩造成了怀疑对象。

"可是，这个人从来没有打过枪，而且事件发生当天去东北方向出差了。因而考虑有可能是他人利用鱼住家作案。然而鱼住家根本没有发射过子弹的痕迹。可铃岛的被杀位置及子弹射入口又明明显示出子弹不可能来自除鱼住家之外的任何一个方向。"

"枪声呢？"

"这附近刚好有一个飞蝶射击靶场，居民们对枪声已经习以为常了。"

星期天的早晨，射击靶场里一定热闹得很吧！

小山心里懊丧地想着。

吉普车开进了住宅区。

"电话是从什么地方打来的？"

"不清楚。打电话者没有告诉太太姓名，太太只知道是一个男人低沉的声音。铃岛被杀后，太太曾对电话筒呼叫，但没人回答。很明显，打电话者一定从话筒听出发生了事故。那以后，也没有任何人承认电话是他打的。"

"这很可疑。"

小山说道。吉普车到达了目的地。

绿坡住宅区很大,其中有公团住宅①,县营建的租赁住宅和长期分让住宅。铃岛家就住在最里面长期分让住宅的一座钢筋混凝土四层楼房。这个楼的两侧并排建造的也都是同一种类型的楼房。写着 4304 号几个字的这个楼第四层东侧 141 室就是铃岛的家。鱼住家就在紧邻的 4303 号楼。

"啊!这儿风景太美了!"

小山喃喃说道。他站在铃岛被害现场的阳台上眺望着远方,一时竟忘了来这儿的目的了。

"那里是 A 市的国际高尔夫球场,相当壮观。"

中岛刑事说道。阳台前方是一望无际的绿色高尔夫球场。它的尽头那缓缓起伏的山脉大概就是丹泽山的群峰吧!这里的地名叫绿坡,太恰如其分了。

"被害者是在这里被击中的,那个窗户就是鱼住家。"

中岛刑事把目光从高尔夫球场转开,开始说明。确实,鱼住家后窗正好面对铃岛家,其位置离铃岛家阳台最近,在那里狙击,可以说万无一失。

可是除鱼住家外,4303 号楼的任何一家窗口,也都可以向铃岛的阳台射击呀。像要打消小山的这个疑问似的,中岛刑事说道:

"考虑到射入角度的测定有可能出现偏差,我们在 4303 号楼居民的合作下,检查了所有房间,但没有检查出火药的残渣。"

---

① 公团住宅:公共企业机构的住宅。

小山默默地站在那里听中岛刑事说话。在子弹出膛的瞬间，大量的火药微粒从射手身边向四周扩散，是无论如何也不能使这些微粒完全消失的。凶手到底是在哪里瞄准铃岛并扣动扳机的呢？小山望着如贝壳般紧紧关闭的鱼住家后窗和其它窗户出神。远方，山顶上云浪翻滚，正把白茫茫的雨雾带到高尔夫球场这边。

二

名城从铃岛被杀案中嗅出了黑幕的气息。正是由于铃岛的调查证言，黑幕人物才得以将储气罐爆炸的责任，全部推到我父亲头上。当时，正在严厉追究大企业的无过失责任①的铃岛，为何在调查途中态度突然软下来？难道他和黑木、黑森一样，都是被黑幕人物所操纵的吗？

黑幕人物发现名城他们将要顺藤摸瓜找到铃岛时，立刻除掉了铃岛。这说明铃岛了解对黑幕人物不利的事情。就和黑木被杀时一样，铃岛又被他们先下手除掉了，这使名城感到焦躁和恐怖。

杀害铃岛与黑木的凶手是一个人，肯定是。名城确信，抓到这个凶手，再继续追查，一定会找到杀害父亲的元凶。于是，他单独一人对绿坡的住宅区，尤其是对4303号楼的居民逐一进行侦察。但是警察侦察不到的事情，他当然也无法侦察到，更何况，他还不具备警察所具有的组织、经验以及搜查权呢。

焦躁中，日历变得越来越薄了。

---

① 无过失责任，大企业对内部发生的事故即便不负责任，也得赔偿损失。

十月的第二个星期六，名城开着自己的车去山路家。

山路与老母亲二人住在船桥朝日丘公团住宅一个二居室的单元房内。

据说对4303号楼全体居民的调查书已经作好，这使名城急不可耐。他立刻驱车去找山路。朝日丘公团住宅靠近海岸，据说一到夏天，穿着游泳衣的"太阳族"① 在住宅区内到处乱撞，令居民很烦恼。这儿和绿坡住宅区一样，是一个县内屈指可数的大型住宅区。

上午十点左右，名城到了山路家。昨夜很迟才睡的山路刚刚起床。

"啊，真早啊。"

山路眨巴着惺忪的睡眼，把名城迎了进来。

"我收拾一下，请你先坐在那边阳台上看看晨报什么的吧。"

山路指着阳光灿烂的阳台，把报纸递了过去。那儿放着一把椅背可以自由调节的长椅。

名城坐到长椅上。

铃岛被袭击时恐怕也是在这种状态下吧，名城这样想着，目光自然而然地转向对面楼房的后窗。如果在那个窗户里，架起安装有消音器的来复枪，进行射击的话……今天，是难得的好天气，家家的窗户都敞开着，可以望见里面忙于家务的主妇的身影。

"怎么现在还有用笤帚打扫卫生的人家呢？"名城透过对面敞开的窗子，看到那家主妇正在用笤帚扫除，心中不禁感慨道。

几乎所有窗户内的家庭都使用电动吸尘器，使用笤帚的只有对面那一家。

---

① 太阳族，是无视现成道德，不守规矩的年轻人。

"使用笤帚打扫卫生，必须打开窗子。今天这样的好天气还好，要是刮风下雨的天气，窗子不能打开，就麻烦了。这家也该快些买吸尘器才对。"

名城漫不经心地想着。

"可是，用笤帚扫除，为什么一定要打开窗子呢？不打开窗户难道不可以扫除吗？的确不行。那样的话，灰尘就无法飞到外面去，谁也不愿意让飞舞在空间的灰土又重新落回地板和物品上，所以，用笤帚打扫房间时必须开窗。"

名城不着边际的遐想突然凝固了：

"必须开窗！"

他自言自语道。突然，他恍然大悟似地从椅子上站了起来。

"让你久等了。咦？你怎么了？"

洗漱穿戴完毕走出来的山路看到名城紧张的表情，莫名其妙地问道。

"突然想起了一件事。对不起，我要走了。"

名城对目瞪口呆的山路说罢，匆匆离开山路家。

"奇怪的家伙！"

房间里只剩下疑惑不解的山路和刚刚端咖啡进来的老母亲。

三

"太太，有件小事想问问您，您打扫卫生是使用吸尘器呢？还是使用笤帚？"

两小时后，名城赶到绿坡住宅区鱼住家问鱼住太太道。最近，他假冒私立侦探来过这里几次，和鱼住夫人已经认识了。

"使用笤帚。我丈夫有些神经质，讨厌除尘器的那种嗡嗡声。可是……"

被唐突地问到这个问题，鱼住太太感到纳闷。名城又追问道：

"还请问，您扫除时是否将前后窗都打开？"

"当然。为了让灰尘跑出去，只要外面不刮大风，我都要把房间的前后窗一齐打开。"

"那么，九月二十四日，也就是铃岛被害的那一天，早晨您是几点钟打扫卫生的？"

"平时，我是八点左右，而那天是星期日，早晨起得晚一点儿，所以扫除大约是在十点前后吧。可是，您到底为什么要问这些问题呢？由于那个案件，我们已经受到了毫无根据的嫌疑，惹了好多麻烦。请您不要让我再想起这些令人心烦的事了。"

太太皱起眉头说道。

"对不起了。可是太太，一个人竟这样无缘无故地被杀害了。所以还得请您多多协助，我虽然是个微不足道的私人侦探，但对自己的职业很热爱呢。"

"所以，我才这样协助您嘛。"

"那么，很失礼。还请您再帮一个忙。请您把房间的前后窗像平日扫除时那样全部打开一会儿，好吗？"

太太点点头。名城飞快地跑到铃岛家的阳台上，观察起来。

住宅区是由一列一列平行的楼房组成。各楼所在的位置，楼与楼之间的间隔，以及楼内的窗户大小排列都完全一样。所以，把几重平行的楼的窗子同时打开时，可以从第一楼的窗户直线地看到最后一楼的窗户。

因而，现在从铃岛家的阳台通过鱼住家打开的前后窗，可以直线地看到另一座楼房，即4302号楼的一个窗子。

把来复枪固定在那一扇窗后，用望远瞄准镜瞄准……

"那套房是 A 市绿坡区 4302 号 141 室，户主中村钦也。我现在就去调查一下，你们也马上来吧。"

"一个人去太危险！不能等我们赶去后再说吗？"

"我一个人去没关系。难道还能白天杀人不成？"

"喂，我们两小时后就到，请等着我们！"

"怎么了？美马，这真不像你，未免太小心了吧。没关系！"

"不行，名城，请等着我们，好吗？请你绝对不要一个人去！"

名城放下美马仍在叫喊的听筒。然后他抬头仰望自己将要去侦察的 4302 号楼 141 室的窗子。

来到 141 室门前，名城深深地吸了一口气，按响门铃。里面好像有人，不一会儿，随着开启门锁的声音，铁门打开了。

一个面目凶狠、目光锐利的男人走了出来。不待名城说话便开口道：

"是名城先生吧？我们正恭候您呢。请进。"

"怎么？！知道我的名字？"

"请！"

那人并不直接回答名城的问话，只是做出请他进去的姿势。餐室后面的房间里，好像有几个人。

名城稍犹豫了一下，就毅然走了进去。这是与铃岛家构造完全相同的三居室的单元房。名城被引着穿过餐室，进到后面的房间。在这里，一个他完全意想不到的人物在等。

"欢迎您呀，名城常务。"

"是草香社长！"名城惊讶地叫道。

"是的。若问我如何在此，其实不用我告诉你，你大概也能猜出来了。喂，别想逃了！这里全是我的人，不仅这里，连隔壁及楼下的房子也都已被我花钱买来了。你既然来到这里，说明你已经解开了铃岛被杀之谜。可是，你认为已解开的这个谜里面，还有一个谜呢！"

"还有一个谜？"

被草香的几个身强力壮的喽啰团团围住，名城不想作无用的挣扎了。侥幸的是进来之前与美马联络的事好像并未被他们发现，那么，现在最重要的，就是争取时间。名城索性冷静地坐下来。

"是的，还有一个谜。你好不容易找到这里，我就告诉你吧。名城先生，你把铃岛接电话的时间与鱼住家扫除的时间联系起来，查到这 4302 号楼 141 室，可是，子弹并不是从我这个房间里打出去的。"

草香说出一个奇怪的事实。

"那么，是从哪儿？"

"哈哈，这你就不知道了吧？这种并列的楼房，结构完全同，如果铃岛在阳台后面的那间屋内，只要把窗子都打开，那么，从相邻的 4301 号楼，甚至再远的 4300 号楼都可以射中他。"

"那么，你？"

"猜出来了吧？自从决定必须除掉铃岛以后，我就不仅买下了 4302 号楼 141 室，而且同时买下了 4301 号楼 141 室。因为只隔一座楼，总觉得有些靠不住。当然，是用不同的名义买下的。因而，表面上两套房间名义上的所有者也毫无关系。4304 搂有人被打死而子弹是从间隔两座楼房的 4301 号楼发射出去的，这一点，即使是老练的侦探也不会想到。只要不是在极近距离发射，现代法医学根本无法根据射入口和子弹的状态推断射程距离，就算真的出现像你这样的冒失鬼，顶多查到 4302 号楼也就不会查下去了。也就是说，找到这间房已是最大限度的收获了。"

"这么说，鱼住也是你们的共犯了？"

名城问道。草香笑着摇头说道：

"不，鱼住和我们毫无联系。正因为这样，4302号和4301号楼才能彻底摆脱嫌疑，使搜查仅局限于4303号。让无关的第三者住进4303号楼，真是明智之举啊！"

"可是，这样一来……"

"是啊，你是想说，这样一来，如果鱼住家开窗时间和铃岛的在家时间不一致的话，就无法动手了，是吗？确实如此。最初，我也曾安排要把鱼住的那套房也搞到手，可是，不知出了什么差错，竟没有买到。这套房如弄不到，4302号和4301号搞到了也毫无意义。但是，侥幸得很。不久，我就注意到了鱼住家那绝妙的扫除。真是绝妙的扫除啊！要射击铃岛，鱼住家的前后窗不一齐打开是不行的，即使前后窗同时打开，而中间隔断的拉门不打开，也不行。然而，鱼住夫人"默契配合"她为了制造良好的通风环境，尽快使灰尘散出户外，把前后窗和中间的拉门一齐打开。这样，她也同时为我们开辟了一条子弹的通路。

"沿着这条通路，我们可以一直望到铃岛家的阳台。只要铃岛站在那儿，凭我的射击技术，一定可以射中！你可能不知道，我的枪法可棒了：年轻时，参加奥林匹克射击预选赛时，我还取得了好成绩进入了复赛呢。可是还有一个问题：怎样才能让铃岛站在阳台上呢？即使不是在阳台上，在阳台后面那间六铺席的房子里也可以。因为透过透明的玻璃窗，也可以射进室内。可是鱼住家的扫除时间和铃岛的在家时间总是不能如我们所愿地一致起来。怎么使它们统一为一个时间呢？这成为我一天二十四小时中不断考虑的一件事。有一天,我在这间屋内给公司挂电话时,脑海中突然闪过一个念头,对!利用电话!这种楼房的所有住宅都安有电话,由于内部构造相同,放置电话的场所也都相同。只要住户没有移动电话的位置,那电话肯定在阳台后那六铺席的房间内,而且正好在玻璃窗旁边。接电话的人只要不趴下,对面楼内肯定可以看到他。好,时间的'一致'能够人为地制造出来了。二十四日早晨,我在4301号楼141室后窗边架起安装有望远瞄准镜的30—06口径来复枪,等待着鱼住夫人扫除。之所以选在星期日早晨,是因为这时铃岛在家的可能性大些。上午十时,随着鱼住家全部门窗的打开,4302号楼141室的门窗也打开了。这是行动信号,于是,我的部下就拨动了铃岛家的电话号码。

"十点五分,铃岛的身影如我所预想的那样映在阳台后面的那间房子的玻璃窗上。当这个射击目标和我的来复枪望远瞄准镜中十字的中心部位完全吻合在一起后,我怀着那即将完成一件艺术品似的心情扣动了扳机。"

"子弹宛如被赋予了意志似地,沿着4302号141室和4303号141室鱼住家这一'子弹的通路'猛进,准确地穿进铃岛的脑髓。我的射击技术和那架十倍可变焦式望远瞄准镜的性能真是出类拔萃呀!当然,枪上安装有消音器,即便发出一些声响,也会被飞蝶射击场上的枪声所掩盖。"

"看到铃岛血流满面地倒下去,4302楼141室的窗子马上关闭了。即使有象你这样的愣小子从鱼住家那一边注意到这间房子,而4301楼的141室就如套上盔甲似的被严密防护起来了。"

"可是,你又为什么特地从4301号楼来到这里,这不是自己脱掉了防护盔甲吗?"

听到名城这样问,草香突然哈哈大笑起来。他笑得前仰后合，笑得眼角甚至流出了眼泪。笑够了，他说道：

"名城先生，你真是个大笨蛋。虽说我对你找到这儿还有点佩服，但你纯粹是偶然撞上的。我为什么脱掉防护盔甲？！这是因为，我即使赤裸裸地袒露在你面前也不怕了。把一切秘密都告诉你也毫不顾忌了。也就是说，你从我这儿出去的时候，将再也不能开口说话了。明白了吗？"

草香又一次晃动着肩膀哈哈大笑起来。

第二十四章　虚无的复仇者

一

　　名城决心豁出去了。屋内除香香外，还有四个身强力壮的男人。尽管名城的身体因登山锻炼而十分结实，但终归寡不敌众。现在，唯一的出路是争取时间。此时，手表指针指向下午一时三十分。他给美马挂电话是在三十分钟以前，如果道路不十分拥挤，他们也快到了。

　　"我明白了。怎么挣扎，也难以从这个铁盒子般的房子里逃出去。我不反抗了。那么，请你顺便告诉我，你为什么要杀铃岛？"

　　名城说完后，草香看了看手表：

　　"可以。虽然说来话长，但就以此权当送你进地狱的礼物吧。铃岛之所以难逃必死命运，还要追溯到九年前明和品川工厂储气罐爆炸事件。我就从那个事件说起吧。"

　　草香仿佛在追忆往事，他开始缓缓地述说。却不知名城的口袋里藏着一个微型录音机。

昭和二十一年八月，有五个日本兵从北琉球群岛以南六海里处一个名叫路埃的小岛上复员回来了。

他们就是草香、黑木、铃岛、姿以及美马的父亲龙彦五人。以草香为大队长的步兵一大队曾经守备在这个岛上，昭和十九年九月十七日，具有强大战斗力的美国步兵师团在岛上登陆后，他们被迫撤入坑道，利用夜间偷袭等战术进行顽强抵抗，但终因战斗力相差悬殊而全队覆没，一千二百人的大队仅剩下他们五人，也就是二百四十人中仅存一人。这是多么激烈的战斗啊！

在这以后两年之中，五个人并不知道战争已经结束而继续生活在坑道里。一次，他们偶然从到岛上来采野果的当地人口中得知战争结束的消息，这才复员回到东京。以二百四十人中仅存一人的比率生存下来的他们具有非凡的生命力，回到战后日本社会上后，异常活跃。

五个人在路埃的艰苦岁月里结下了患难之交。昭和三十七年，几乎在同时成为大和物产与明和化成两大公司常务的草香和黑木，滥用他们掌握的日本一流公司的最高权力，在两个公司之间进行了非法账外贷款，私吞账簿外剩余的暗利。

后来，他们过去的战友，草香的部下姿英策与大和物产中冈总经理的女儿结婚了，这种关系更便于他们进行这种极端的渎职行为。

就在那时，草香的心中萌起将大和据为己有的野心。但，遇到的最大障碍就是入九虎之助。当时的总经理是个傀儡，无关紧要，而"顾命大臣"入九虎之助受托辅佐前主人的幼子，却相当难以对付。

于是，为打击入九主持的食品部，草香策划了那一起毒奶粉事件。

"这么说，那毒奶粉，是你制造的了?!"

名城愕然问道。

"不,是美马龙彦。有一天,他对我谈了这个计划。表面上是入九派的美马龙彦是食品部的大干部,川崎工厂食品制造部部长。因此,毒奶粉的制造非常顺利。要想干掉入九,还有比美马想出的这条计策更妙的吗?但是,从路埃岛活过来的美马太贪得无厌了。制造毒奶粉后,将失去制造部长地位的美马,为了弥补自己的损失,竟然向我索取我利用账外贷款所得暗利悄悄买的明和股份的三分之一。三分之一的明和股份,这是多么巨大的数目,但我忍痛答应了他的要求,因为为了击败入九,无论如何需要美马的力量。

"我同意了这条件。其实在这之前,美马龙彦已利用他自己那份暗利买了股票,当然,名义是分散的。他先后购买的股票及向我索要的股票不断增值膨胀,以致后来他的儿子美马因此而当上了常务。

"当时,我没想到会增值到这种程度。他的股份名义上是分散的,这一点我疏忽了。意识到让美马继续发展下去我也会被他吞掉后,我就命令小柳圭子杀掉他!教给非常喜欢开车的小柳将凶杀伪装成被害者酒醉驾车发生交通事故的,就是我,而松并不过是一件简单的工具而已。小柳虽是个女人,但干得漂亮极了。另一方面,入九也没有沉默,不知何时,他和明和的承包人名城高太郎结成了同盟。没有及时了解到这一事实,是我的失误。

"当时,我的机械部投入了巨额资金,试制了高压储气罐用的 E2705 电气自动冷却机,但是制出来的全是废品。由于技术上和设计上的严重错误,在昭和三十七年制造的二十合冷却机根本无法作为大和产品投入市场。尤其使人伤脑筋的是,对外,特别是对本公司的食品部,却不能公开说明这个事实。否则机械部好不容易争取得到的优势，有立刻被入九夺回的危险。为此，我与黑木商量，由明和化成出面订货，将这些冷却机用于明和化成品川工厂的丙烷储气罐。当然，大和不直接把货交给明和，一切都通过明和的承包人——名城建设为媒介来办。丙烷气体并非高压气体管理法中所规定的危险气体，所以，只要储气罐周围不发生火灾或异常发热现象，便没有爆炸的危险，冷却机的安装可有可无。但是，考虑到万一发生事故，会被人发现大和生产的冷却机是废品，从而影响大和的声誉，所以我们把部件运到名城建设，在那里组装，然后以名城建设的名义交给明和化成。担心被母公司抛弃的子公司对于母公司的命令向来是无条件执行的。另外，黑木最初也不愿意花费大笔资金将本来法律没有规定非安装不可的冷却机安装在丙烷储气罐上。他提出条件，要我们在未经明和公司同意的情况下不得出示它作为借款的抵押开给我们的期票。我接受了他的条件，因为我急于在账目上伪装了结冷却机的事情。我卖给黑木的冷却机，价格低于成本，可是他交付的不是现金，而是不知什么时候才能够兑换成现金的期票，并且混在借款的期票内。幸亏，财务部长姿是我的人，他千方百计在账簿上作了文章，才使我得以蒙混过关了。

"但入九不愧是老奸巨猾的人，他隐隐约约觉察到了我们的问题。对他来说，我们机械部是他的宿敌。他正想抓住我们的什么把柄，以搞垮我们时，嗅到了冷却机里的问题，可是又苦于找不到证据。于是，他看中了被迫作为这次生意的工具的你的父亲。你的父亲对于自己惨淡经营起来的名城建设在母公司的压力下被迫作了废品销售的媒介一事正在愤愤不平，他立刻就同意了入九的计划。入九的计划是，让名城建设的卡车满载丙烯甘醇到有问题的丙烷罐附近去放火，因为名城建设的车可以随意进出明和化成的工厂。但是如果明目张胆地去放火，一定会被逮捕，于是，他们考虑再三，用一种药品制成肥皂形油膏，再把盛着硫酸的安瓶倒置插入里面。安瓶口上贴着胶布，以防止硫酸一下子流出来。于是，硫酸将徐徐透过橡皮膏，浸透到制成肥皂状的油膏药品内。这样，三十分钟后便能起火。据说，使用这个特别发火装置，不易被查出起火原因，而燃料又是一旦燃烧起来就难于灭火的丙烯甘醇。在这样造成的大火洪烤下，安装着废品冷却机的丙烷罐一定会爆炸。入九他们认为，在追查事故原因时，必然要追查到废品冷却机的制造厂商的责任的。作为这次冒险放火的报酬，入九将他持有的大和股票的五分之一分给了名城。名城大概又分给石渡一些吧。于是，到了那个一月二十五日，名城经理就和石渡司机按预定计划驾驶着满载丙烯甘醇的汽车向品川工厂驶去。但是，这一情报被黑木得到了。你猜，是谁将这一情报告诉给黑木的？也就是说，奸细是谁？"

草香谜一般地笑着说道：

"是美马的父亲！美马龙彦！怎么样？吃惊了吧？"

"美马？！真的？"

"哼哼，对于将要死去的你说谎是没什么意义的。不要忘记，美马是在入九身边的啊。他把入九制订的品川工厂爆破计划秘密告诉给明和一方。于是，黑木让他的心腹部下预先埋伏在丙烷储气罐一带，等待着你父亲他们的到来。"

名城呆呆地听着。复仇行动的唯一伙伴的父亲，竟是使自己父亲陷入圈套的仇敌！草香不是说谎，因为他已没有说谎的必要。草香仿佛要给受到巨大刺激的名城以更大的打击似的，接着说道：

"但是，在品川工厂，遇到了双方都没料到的麻烦。在那个

VEA3305罐前,喜欢开车玩的黑木明驾驶空油罐车横撞过去,把名城的卡车撞起了火。由于震动,硫酸安瓶破裂,奶油状药品立刻燃烧起来,并迅速点燃了丙烯甘醇。大火比计划提早了三十分钟。满载丙烯甘醇的八吨卡车一下着了起来,比预想的还要猛烈的大火包围了第三成套设备区,使埋伏在那里的工厂救火班的人员也难以应付了。这时,卡车中你的父亲和司机石渡拼命地想逃出来,但是黑木授意黑森用高压水冲击车门,使他们无法打开车门。这真是高明的杀人计谋呀。旁人见到了只会以为是在进行灭火作业,而这期间,车内的人会被烟熏死的。他们这样做,即使被警察追查,只要借口不知车内有人,最多也只是认为'过失使人致死',更何况,当时周围都是事先埋伏好等待名城的'伏兵'呢,就这样,在合法的灭火活动中,摆下了烤人肉的宴席。担当事故调查工作的就是铃岛,对于他,我并没有施加压力。铃岛很了解丙烯甘醇属于消防法中所规定的第三类石油制品,其燃点很高,仅仅由于受到撞击是很难起火的。他看穿了名城所搞的那个特殊装置的把戏,但没抓住确切证据。在这种情况下,为了救昔日患难之交的战友黑木,铃岛将起火原因归结为名城建设对材料处理不当。于是,事件就如你所知道的那样定局了。"

"那你为什么杀害铃岛?"

"他觉察出黑木是被我杀的,劝我去自首,还说,若不自首就要告发我。"

"那你为什么杀黑木?"

"对黑木来说,我唯一一个落在他手中的把柄就是那冷却机。黑木明闯的祸,反而变成了好事,储气罐发生爆炸,冷却机是废品不起作用一事被铃岛巧妙地遮掩过去。没有了冷却机这个隐患,黑木对我来说只是个障碍。"

"对于你的计划吗?"

"是的,你以为我对明和的账外贷款仅仅是为了捞一些暗利吗?五十亿元的套利对我来说根本算不了什么。我真正的目的,是想尽可能多地取得明和公司期票,以待有朝一日一下子抛出来要求支付。由于不断扩大规模而苦于资金不足的明和化成肯定无力支付,其结果必然是拒绝支付。那一天,即姿的女儿被休回娘家后自杀的第二天……。"

"怎么?那件事也是你指使干的?"

"哈哈,姿尽管是一个公司的财务部长,但也不会因女儿的事就敢采取那种报复行动。都是我命令他干的。"

"可是,冷却机并没有全部燃光啊。当时爆炸了十八个储气罐,应该还有两个。"

"正因为如此,所以才把出示四十亿期票伪装成是由于姿在发泄私怨。黑木那家伙果然信以为真,跑到我这儿哭起来了。我装出一副同情挽救的样子,实际上是要把他赶到你父亲过去的公司名城建设去的。后来的事完全如我所愿,正如你知道的那样,我作为主要债权者,制订了明和化成的重新组建计划,把明和吸收进来。表面上看是合并到大和公司,实际上是被我们大和公司机械部吃掉了。与此同时,我当上大和的经理,我的计划成功了,我真正地打下了天下。"

"……"

"但是,又发生一件意想不到的事。由于你们使黑木失去了最后的一块存身之地——名城建设,并使他以'欺骗破产罪'被判一年苦役。于是,他疯了。直到最后也不知是受了我的欺骗的黑木,发疯以后不知会胡说出些什么来。对于刚刚得到的梦寐以求的'王位'的我,哪怕是一点微小的不稳定因素也要消除。现在回顾一下,杀黑木真是在万分紧急的关头。我在生田的杂木林中用来福枪射死黑木返回的途中,正好和你们去那儿的车相交而过。"

"我还想问一个问题。既然你一心要保住'王位',那为什么对有毒的阿玛利露置之不理呢?这件事若是在你没当总经理之前还对你有利,但如今你已是堂堂一大公司之长,食品部再次制造有毒食品,将大大影响大和的信誉,也势必威胁你的'王位',难道不是这样吗?"

"问得好。大概谁都会这么想。我是总经理,而且,不是那种聘用总经理,我所拥有的股份可以和你们匹敌。但是,这些东西,我已经全不需要了。什么大和公司呀,股份呀,总经理的交椅呀,一切的一切,我都已不需要了!"

草香凄惨地笑了起来,嘴唇都扭歪了。

"不需要了?"

"是的。我,在取得了'天下'的同时,感觉非常疲劳,想休养一下,就进医院住了一个星期,做了全面身体检查。你猜,发现了什么病?癌。是胃癌。开刀一看,癌已广泛转移,已经没有指望了。医生宣判说,最长,只能活一年。长期以来,我热衷于实现自己的野心,而没大注意到身体的变化。当自己梦寐以求的一切到手之际,生命的蜡烛也已燃到了尽头……人生是多么空虚无聊啊!我煞费苦心,巧取豪夺,结果是竹篮打水一场空。你们也像我一样,拼命地复仇呀,复仇呀,而最后,却发现真正的坏人是自己的亲生父亲。你的父亲、美马的父亲,都是利欲熏心的人。美马龙彦向我索取明和的股份,作为制造毒奶粉的报酬;名城为了从入九那里得到大和的股份。去储气罐放火。当时,明和、大和的上缴资本不过分别是二十亿和五十亿,他们索取的报酬可谓大矣。这是两个从小偷手中揩油的家伙。为了他们,作为儿子的你们进行了错误的复仇,从而葬送了自己的青春。你们将有毒的阿玛利露贩往全国各地,使众多无辜的人中毒,这究竟是为了什么?真正的坏人,就是你们的父亲!你们过去所做的一切,都是毫无意义的。不,岂止是毫无意义,甚至还伤害了众多的无辜。从这种意义上说,我和你们是有同感的,为了毫无价值的事情,我们燃尽了每人仅有的一支人生蜡烛。我们是可悲的同类啊!"

草香无力地笑道。

——真正的坏人,就是你们的父亲!——

草香的这句话,给名城以极大的震动,使他丧失了一切思考能力。

"好了,送你进地狱吧。在阴间大概我们还能相逢,到那时让我们作为朋友吧。"

草香的话仿佛从遥远的地方传来。

名城如梦似地感觉到包括草香在内的五个男人围了过来。

手被捆到了背后,嘴里被塞进什么东西。名城毫无反应,他已失去了抵抗的力气。

"我不想用枪,也不让你吃毒药,在这样的住宅,也有短时间致你于死命的方法。

草香自言自语似地低声说毕,用眼睛向四个部下示意。

四个人把名城拉到厨房的煤气灶前,将那里的一个"装置"套在名城的身体上。

一个人对名城说明这个"装置"。

"我们将打开煤气开关后离去。这种住宅是封闭式的,墙壁是混凝土的,门是铁的,玻璃窗也都没有缝隙,煤气能够充分滞留。为了使你在感觉难受时,可以用嘴去关闭煤气开关,我们将取出你口里的东西。但喊叫是无济于事的,因为周围购房子都已被总经理买下了。开关打开后,你可以立刻将它关上,但是关闭开关时,匕首就将深深地刺入你的前胸。为了不使你立刻死亡,所刺的部位偏离心脏。为了便于匕首刺进你的胸膛,把衬衣脱掉吧。"

他从名城身上剥下了衬衣,把两只细细的匕首固定在名城胸前。当名城想关闭煤气开关而向前探出身体时,匕首就会刺进他的胸膛。

无论煤气中毒而死,还是匕首刺死,总是死路一条。这真是一个残忍的装置。

对于那个人的"说明"名城仿佛是听别人的事情一样,无动于衷。对于他,一切已经都无所谓了。由于自己的误会,伤害了许多人,这必须用自己的生命来偿还。

"好,请上路吧。祝你健康!"

说完这几句奇妙的话后,那个男人打开煤气开关。随着一阵嘶嘶的放气声,一股恶臭立刻在室内弥漫开来。

"哎呀,真够猛烈的。"

"还没到做晚饭的时候,所以煤气气压很高。"

"好,走吧。"

一个男人从名城口中取出堵口物,四个随从护着草香匆匆地从室内逃了出去。在煤气的放气声中,刺耳的杂乱的脚步声迅速地从楼梯口消失了。

二

"现在几点了?"

避开煤气的臭气,名城扭过脸看了一下手表,日期的数字映入眼帘:

"星期六,十月十日。"名城小声念着。突然他大吃一惊:

"美马预定爆炸品川工厂的时间就在今天！无论如何要制止他，在复仇已变得毫无意义的今天，再也不能伤害无辜了。现在是两点三十分，再有三十分钟，美马会赶到吧，可是，在这浓烈的煤气中根本坚持不了三十分钟，为了关掉煤气，又要被匕首刺中……

对，匕首不会刺在心脏上的。关掉煤气，只要胸膛不从匕首上抬起，血就可以不涌出来。这样，也许可以延长三十分钟的生命，无论如何，我要制止品川工厂的爆炸！"

名城毅然对着煤气灶俯下了身子。匕首尖触到了胸都，接着，一下扎进肉里，鲜红的血喷射到煤气灶上。

名城强忍疼痛，把嘴伸向煤气灶开关。他身体每向前探出一厘米，匕首就向胸膛扎进一厘米。终于，嘴可以咬住开关了，而这时匕首已刺进胸膛十厘米，只差一点就要刺穿后背了。

煤气关上了。

名城就保持着这种姿势俯在煤气灶上。他不能恢复原来的位置，否则，从匕首上拨出身体后，伤口将大量出血，那样恐怕等不到美马来了。

"美马，快来吧！"

名城像串在铁条上的烤鱼似的，趴在煤气灶上，紧紧咬着牙齿。

第二十五章 幻的墓

一

美马和弘子到达绿坡住宅区时,已近午后三时了。山路距离这里较远,还没赶到。

"没想到厚木街道这么拥挤。名城,但愿你平安无事呀!"美马祈祷似地说。

"4302号,是这栋楼。"

"弘子,你留在这里守着,也许敌人还没撤走呢。如果没有敌人,我就打开窗户。十分钟后,窗户如果还没打开,你就马上给110打电话。"

美马很快地对弘子说完,便跑上4302号楼的楼梯。

"名城!名城!"

美马在141室门前边按电铃,边高声叫喊。室内好像没人,门紧锁着。美马又按响邻居142室的电铃,同样没有动静。这栋楼每一单元有八户、这一单元所有房子好像都没有人。

美马跑回汽车,从车后箱内取出铁橇。

"怎么样?"

"没有人。我打算敲破厕所的窗户进去,你也来吧。"

美马用铁橇击碎厕所的窗户。

"煤气!"迎面扑来的臭气钻进鼻腔,美马掏出手绢捂住鼻子、跳进室内,然后打开门锁让弘子进来。两人一眼就看到伏在煤气灶上的名城。

美马和弘子扑过去。煤气灶台沾满鲜血、名城胸前深深地刺进两把匕首。

"啊!你们终于来了!"名城稍稍睁开双眼,微微一笑,"别动我。刀子拔出来,我就会大量出血而死,让刀子先堵住血吧!"

"你别说话了!弘子快去叫救护车!"

美马边解开名城手上的绳子边说。

"不用叫救护车了。我已经吸了大量煤气,没指望了。当务之急,是赶快阻止品川工厂的爆炸!"

"为什么?"

"我已经无力说明了!我口袋里的录音机可以告诉你。总之,我没有时间了!美马,真正的坏人,是我们的父亲。再进行复仇、已经毫无意义了!"

对美马了这些话后,竭尽全力坚持的名城,生命迅速衰竭了。

"名城,坚持住呀1什么?这么一点伤……我们还相约要共同攀登北壁呢!"

"我……已经……不能登了!北壁,你一定要登上去……,也代表我……把我的登山杖……也带上,就等于把我带上了……好吗?品川工厂的事……拜托了!"

"名城!你说些什么?你也知道,北壁光靠我一个人是不能攀登上去的呀!喂,打起精神来,你登山锻炼的身体一定会恢复健康的！'吉普车'的名城的勇气哪里去了？"

"名城，坚持啊！"

弘子抱住了名城叫道。名城已闭上的眼睛，又睁开了：

"弘子吗？……给了我很多的关照……永远忘不了你用身体换来的礼物……可是结束了……一切都结束了……今后你要得到作为一个女人的幸福呀！"

"不，名城，你不能死！你忘不掉的事情，我更忘不掉呀！活下去，求求你活下去！我所以没有离开这个恐怖的复柷活动，就因为有你啊！名城，你可不能死！"

弘子泪流满面，美马的眼睛也湿润了。

看到一个同伴就要失去时，两个人才痛感到名城在他们心中所占位置的重要。

"名城，不要说泄气话了！山路马上也来，我们这就送你上医院。"

美马要抱起名城，但名城轻轻地摇摇头：

"不，快到品川工厂去，阻止爆炸！"

说完，名城在美马怀中一下垂下了头。

浮沉在远方山顶上的夕阳，透过窗户，把光洒在名城脸上，把它染得如酒醉似地微微发红。

不久，山路赶到，他看到名城的遗体，不禁黯然失色。

把名城的遗体放在皇冠车后箱内，三人分乘三辆汽车驶向品川工厂。但是，名城的期望落空了，四点三十分，井泽技师安装在液体甘油制造车间的炸药爆炸了。这时，美马他们刚刚开车来到二子桥。

随着一声巨响，一股火焰带着浓烟冲上晚霞绚丽的天空，刺痛了美马、山路和弘子的眼睛。

紧接着，轰隆隆的爆炸声响成一片，浓烟滚滚腾空而起，遮住蓝天。伴随着爆炸声，名城留下的录音机传出草香的声音：
"真正的坏人，就是你们的父亲！"

美马如同化石一样，呆呆地紧握着方向盘，草香的这句话在他耳边不断嗡嗡回响。

从品川工厂方向传来了更猛烈的爆炸声。

第三天，大和物产总经理草香刚辅因杀人嫌疑被逮捕。不知道是谁，把录有他犯罪自白的录音带送到警视厅搜查一科。

同时该公司常务董事美马庆一郎也因杀人和爆炸破坏罪而被下令逮捕，可是，在此之前，他已不知去向。

大和物产由于连续发生制造有毒"阿玛利露"和品川工厂大爆炸这样恶性大事故，现在又失去了最高领导，陷入极端混乱之中。食品部的复苏，品川工厂的再建已毫无希望，股票价格连日下跌。

十二月二十六日，不可避免的事态终于发生了。

临时股东总会做出特别决议，宣布大和物产解散。大和物产即日开始办理清算财产手续。曾几何时，不可一世的庞大公司彻底破产！

二

昭和四十×年十二月三十日清晨，北阿尔卑斯山五龙岳支脉远见尾根的大远见山上，站着一个登山者。他就是美马庆一郎。与普通登山者所不同的是，他带着两根登山杖。

"名城，我们终于回来了！"

他对着耸立在眼前的悬崖绝壁——鹿岛枪北壁，喃喃自语。

随后，他一个人从白岳泽的雪溪下去。

"——昭和四十×年十二月三十日。又一次回到卡哥尼里。只身一人。"

"后立山巍巍的群峰,白雪皑皑的北壁,从大远见沿着白岳泽的山道频频传出雪崩的声音。这一切,都与上次和名城一起来时一样。"

"唯一不同的……名城不在了。午后八时,到达洞窟。"

"十二月三十一日,凌晨,由洞窟出发。虽然寒冷,但气候还好。下午三点,因疲劳过度,不能攀登。尽管时间还早,却开始准备露营。"

昔日和名城共同冲击北壁时,早上八点通过的地方,此刻美马在这里迎来了第一夜露营。他终于发现自己身体不正常了!

"奇怪,我怎么生病了!什么部位出了问题?"

他合上日记本,自言自语道。

"一月一日清晨七时出发,旭日如血,气温偏高,令人不安。覆雪的山壁上部的雪有些松动,攀登十分困难。下午三时,被岩石缝阻挡住。肺部好像已被病菌侵蚀,今日咯血不止,无法攀登,只好露营。雪又下起来,雪花落在帐篷上。点上蜡烛取暖。全身感到恶寒。我的体力,只能坚持两天!

"一月二日清晨之时,帐篷中相当明亮。外面晨曦微露,风雪仍未停止。稍候一会儿,七时三十分,风势渐弱,我决定出发。我小心翼翼地攀登,与其说是攀,不如说是防止滑落。三小时内,几乎没有移动位置。气候变得恶劣了,视野不清,意识模糊。岩石很硬,无法按计划打登山钉。又咯血几次。午后四时,到达绝壁突出部的下端。怎样登到这里,已无记忆。凿掉冰壁上的雪，用登山钉和绳索把身体固定住。火柴湿了，无法使用。天气寒冷，寒风刺骨。毫无食欲。要能度过今夜，明天也许就能登上山顶了。"

美马胡乱地写着。他自己也不知道为什么写，写了些什么。他只是觉得，如果此刻不做点什么，就会从此长眠不醒。他用冻僵的手指，勉强地握着笔。

不能睡，若睡着了，自己的生命之火也就永远熄灭了。与睡魔的诱惑交战，比起迄今为止的历次登山都要困难。

"不，我不能死。我要到山顶上建好名城的墓。"美马自言自语道。

把名城的登山杖带到山顶，就算是把他送上了山，完成了他的葬礼。只有那时，为复仇而互相交换的两支登山杖，才将物归原主。

> 我总是在描绘梦幻中的墓：
> 高高屹立在绝顶尖峰上，
> 日日夜夜，
> 被冰雪云雾所笼罩，
> 只能听到，
> 它脚下暴风雪的怒吼。
>
> 在一个难得晴朗的早晨，
> 它披着玫瑰色霞光，
> 寂寞，荒凉地
> 悬挂在空间。

美马信口吟诵起名城喜欢的诗。

"名城，我将给你建'幻的墓'。我要是睡着了，你就用登山杖打我好了。"

说话间,美马仿佛觉得昔日的伙伴就在身边和自己畅谈。因高烧而浑身发颤的美马就这样和"好朋友"谈到天亮。

月光如水,但月夜的天空,渐渐地被朝霞染红。

清晨七时,天气晴朗,美马勉强将一小块巧克力塞进嘴里就出发了。——今天无论如何也要登上去!

"名城,咱们走吧!"

美马像招呼同伴似地叫了一声。

"好!"

他仿佛听到了有力的回答。

岩石表层大部分覆盖着积雪。在绝壁基础部打下两个活栓后,美马开始攀登。陡峭的岩壁上方,积雪成蘑菇状,仿佛要从头顶上压下来似的向外突出,美马不停地挖掘。他消耗了最后的一点体力。

已经到了十时,遇到岩壁裂口处,美马无法过去。脚下是令人目眩的深渊。他已经筋疲力尽了,而天气又恶化了,雪开始飘下来。

"名城,不行了!我一步也动不了啦!"

美马绝望了!

向右走,向右!

风雪中,他仿佛听到名城的声音。他望过去,只见岩壁上有一条狭窄的裂缝斜向右方。美马重新挣扎着攀登起来。他挥动登山杖,在冰雪中凿着,雪下露出矮矮的爬地松。他使用了将近二十个钢环,又将两个三段镫①连在一起,美马终于来到坡度缓和的一处地方。

下午三时三十分,美马终于越过突出的悬崖。从这儿到山

---

① 三段镫:登山用的工具。

顶，只要爬过一段积雪地带，越过一片爬地松就可以到达。已经没有难登的地段了，北陆中央的岩壁被征服了！

"名城，我们成功了！"

美马在横刮过来的风雪中叫道。

"天空真蓝呀！"

他又低声说了一句，便缓缓地屈下膝，随即倒在地上。他的体力已消耗殆尽，在白色的雪花中，他仿佛看到名城在微笑着。名城的身后是湛蓝色的天空。

"好，解开保险绳登山顶去吧！你在前面！"

"不，还是你在前面。"

美马似乎觉得两个人笑哈哈地谦让着，然后向鹿岛枪岳山顶缓缓走去……美马的意识消失了。他大口大口地往雪地上吐出血块，倒在爬地松上。纷飞的雪花很快地撒在他身上。

大约在一年后的昭和四十×年二月下旬，东都大学登山队终于攀登上鹿岛枪北壁中央岩壁，实现了多年的愿望，但是他们并不是最初的攀簦者，因为在山顶旁的一片爬地松的边缘，发现了一具已白骨化的尸体。

从沿途所看到的登山钉，登山队员判断这个人不是从山顶上下来，而是从卡特尼里的北壁下登到这里的。

"一个人，竟然能攀登到这里？"

东都大学登山队员们见到遗体产生一种压过吃惊的嫉妒心。东都大学曾经集结精锐力量仍不能征服的中央岩壁，竟被这已变作白骨尸体的人所征服了！他是怎样攀登上来的呢？

他们的嫉妒心很快变成了敬仰之情了。他们从死者身旁的登山日记里知道，遇难者原来是他们的先辈美马庆一朗。

"原来是美马先辈呀！"

面对在登山队内负有盛名的登山家面目全非的遗体、登山队员们先是呆呆地站着,继而低下了头。

只有美马庆一郎,才能单独越过那突出的中央岩壁呀!登山日记旁,有两支已经生锈的登山杖。

登山队员们将遗体运到山顶。从石壁上方通过爬地松到山顶,非常容易。队长从遗体上取下一块骨头,埋在山顶平地一角,在上面垒起一个小小的纪念石堆。

"本打算就此火化,可是这不是自然而死的尸体。外加美马先辈又作为大和物产品川工厂爆炸事件的嫌疑犯而受到全国指名通缉,所以我们不能按自己的意愿随便处理。我们现在所能做到的,就是将美马先辈的一块遗骨,埋在他生前热爱的鹿岛枪峰山顶。先辈无论是什么事件的嫌疑犯,与我们毫无关系。在我们的心目,先辈是攀登鹿岛枪北壁中央岩壁成功的第一个人。我们要为先辈祈祷冥中之福。"

由黑部峡谷吹来的猛烈寒风在他们脚下卷起雪雾。在这样的季节,这是个罕见的晴朗天气,视野所能到的群山沐浴在阳光中,仿佛是它们自身也能发光似的,放射出灿烂夺目的光芒。

三

第二年七月的一天,鹿岛枪山顶上伫立着一位女登山者,这是梶村弘子。她是由冷池小屋方向攀登上来的,经过熙熙攘攘的南枪山顶,来到北枪。这儿悄无一人。

她不顾劳累,走进遍布山顶的纪念石堆中,左顾右盼地寻找着。

"啊,在这儿!"

在山顶靠近北壁的一边,弘子发现了自己要找的石堆。

"已经锈成这样了!"

她望着插在石堆中已和岩石融为一体的两支登山杖,眼睛湿润了。

弘子取出手绢,擦拭起登山杖来。但是,登山杖昔日在他们的主人手中闪烁着的刺目寒光已永远消失了。弘子停住手,将带来的两束花献在石堆前。这是名城和美马喜欢的玫瑰花和栀子花,都是在七月盛开的花。

"名城,美马,今天,我是来和你们告别的。名城曾希望我得到作为一个女人的幸福……。真快呀,我已经二十九岁了,我的青春已在那场复仇的烈火中燃烧殆尽了。可是,现在,出现了一个真心爱着我的人,他是一个普通的公司职员,我决定和他结婚了。名城、美马,你们一定都赞成吧?我就是来向你们报告这件事的。我……也许不会再来了,我将住在小小的家中,照料孩子,忙于家务,作好妻子和母亲,在平凡的生活中去寻找一个女人的幸福。而你们,在这样荒凉的山顶,一定寂寞吧?可是,这是你们曾经那么向往的地方呀……。再见了,亲爱的朋友,我不会再来了,可是,每当地平线上浮起夏日的积云时,我一定会想起坐落在这山顶上的你们的墓……再见!"

弘子站起身。她望着周围不知名的群山,长眠在这里的同伴所喜爱的群山。不知不觉间,黄昏降临了。这是一个晴朗、美丽的夏日黄昏,北枪山上,只有弘子一人,而南枪山顶和山间小路上,如蚂蚁似的人影匆匆地走向小屋和帐篷。

"现在,正是山里的节日呢。"

弘子自言自语地说罢,开始下山。向着她的丈夫正等待着她的平原走去。俯瞰平原,一片苍绿,平原上空正飘动着被夏日晚霞烧得火红的浮云。